Diane di Prima
Memoiren eines Beatniks

Aus dem Amerikanischen
von Michael Kellner

Zweitausendeins

2. Auflage als Zweitausendeins-Taschenbuch Nr. 9, Juni 2010.

Die Originalausgabe ist 1969 unter dem Titel »Memoirs of a Beatnik«
bei Olympia Press und 1988 bei The Last Gasp of San Francisco erschienen.

Glossar: Michael Kellner.
Umschlagbild: Olivir Rose/dw.imagesearch.com.
Umschlaggestaltung: Herburg Weiland, München.
Herstellung: Dieter Kohler GmbH, Wallerstein.
Druck und Einband: CPI – Clausen & Bosse, Leck.
Printed in Germany.

Dieses Buch gibt es nur bei Zweitausendeins im Versand, Postfach,
D-60381 Frankfurt am Main, Telefon 069-420 8000, Fax 069-415003.
Internet www.Zweitausendeins.de. E-Mail Service@Zweitausendeins.de.
Oder in den Zweitausendeins-Läden 2 x in Berlin, Düsseldorf, Frankfurt am Main, Freiburg, 2 x in Hamburg, Hannover, Köln, Leipzig, Mannheim, München, Nürnberg und Stuttgart.
Oder in den Zweitausendeins-Shops in Aachen, Augsburg, Bamberg, Bochum, Bonn, Braunschweig, Bremen, Darmstadt, Dortmund, Dresden, Duisburg, Erfurt, Essen, Gelsenkirchen, Göttingen, Gütersloh, Herford, Karlsruhe, Kiel, Koblenz, Konstanz, Ludwigsburg, Marburg, Mönchengladbach, Münster, Neustadt an der Weinstraße, Oldenburg, Osnabrück, Speyer, Trier, Tübingen, Ulm, Wuppertal und Würzburg.

In der Schweiz über buch 2000, Postfach 89, CH-8910 Affoltern a. A.

ISBN 978-3-86150-909-7

Über das Schreiben von Erinnerungen

Im März 1968 brachte ich in New York mein letztes Theaterstück zur Aufführung. Es hieß *Monumente* und bestand aus einer Reihe von Monologen: Menschen spielten sich selbst – in meiner Sicht ihres Innenlebens. Es waren acht Monologe, und jeweils drei – egal, welche – konnten in jeder möglichen Reihenfolge aufgeführt werden und ergaben eine »Geschichte«, oder zumindest eine Abfolge. Gespielt wurde im Café Cino. In meinem eigenen Text fragte ich mich, ob ich wohl jemals »an einem Fenster mit Blick auf die Bucht von San Francisco sitzen und einen weiteren Roman schreiben würde«.

Zur Sommersonnenwende fand ich mich mit einem schreienden Kind auf dem Arm im Flugzeug wieder, Teil einer Gruppe von vierzehn »Erwachsenen«, die samt der sie begleitenden Kinder, Spielzeuge, Knarren, Schreibmaschinen und Musikinstrumente New York verließen. Ich hatte es nicht für nötig befunden, meinem Mann zu sagen, wohin ich ging, aber er war mit unseren Kreditkarten in Indien und hatte mich ohne Kredit, aber mit einer Bande hübscher Jungen zurückgelassen, die er geliebt und verlassen hatte (zwei von ihnen nahm ich mit). Die Truppe war auf alle mögliche Art nach Westen unterwegs; Flugzeug und ein VW-Bus (für den ich meinen

Kredit völlig ausgereizt hatte) waren noch die normalste. Ich werde niemals vergessen, wie mich Lenore Kandel mit dem heruntergekommensten Kleinlaster, den ich jemals gesehen habe, am Flughafen abholte; neben ihr stand ein etwa zweijähriger Digger-Fratz, nackt bis auf ein Hemdchen, und kaute an einem Hotdog (der Horror meiner makrobiotischen Vorstellungswelt). Eine bunte Mischung verschiedener Kleintiere – die meisten Hunde – teilte sich die Ladefläche mit uns, als wir in die Stadt fuhren. Mein Kind wollte einfach nicht aufhören zu schreien.

Ein paar Monate und viele schweißtreibende Abenteuer später (siehe auch mein, wie man sagt, »work in progress«, *Das Kalifornien-Buch*) hatte ich mich hinter dem schon erwähnten Fenster mit Blick auf die Bucht eingerichtet, sah die heftigsten Regenfälle der letzten zehn Jahre niedergehen und schrieb – schrieb für Miete und Essen. Die meisten der vierzehn Erwachsenen wohnten hier, aber keiner von ihnen arbeitete. Unsere lesbische Freundin, die noch die eindrucksvollste Karriere vorzuweisen hatte – zehn Jahre Bürojobs in New York –, war in ihr Bett gekrochen, um abzuschalten und sich zu erholen. Und der nicht so ambitionierte Teil der Truppe hatte es ihr gleich getan. Oder sie organisierten Be-Ins, verteilten kostenloses Essen, verkauften oder stellten verbotene Chemikalien her, publizierten anarchistische Manifeste, entwarfen politische Plakate, tüftelten Lichtshows für Rockkonzerte aus, fütterten umherziehende Gitarristen durch oder bastelten Perlenohrringe und Kerzenhalter aus farbig gefaßten Kieselsteinen.

Außerdem war noch eine große Schar unserer neuen kalifornischen Freunde eingezogen, einige mit und andere ohne

Einladung. (Wir hatten für 300 Dollar ein Haus mit vierzehn Zimmern, ausgebautem Souterrain, einer Einliegerwohnung und großem Hinterhof gemietet.) Ich erinnere mich mit immer noch deutlicher Abneigung an die beiden Paare und ihre sieben Kinder, die uns die Digger, ohne auf meinen Protest einzugehen, mitten ins Wohnzimmer gesetzt hatten. Besagte Paare waren gerade aus Hawaii zurückgekehrt, wo sie von Heroin runterkommen wollten. Die Digger, die sie in meinem Bus vom Flughafen abholten, hatten auch ein Geschenk dabei – Heroin. Und so verträumten sie ihre Zeit auf meinen auseinanderfallenden Schaffellteppichen. Alle, bis auf einen: Der zog durch die Gegend auf der Suche nach einem Opfer für einen Raubüberfall oder verbrannte alles nur Brennbare auf einem unserer Hausaltäre (am liebsten Holzstatuen), oder putzte in meinem Arbeitszimmer seine Knarren hinter meinem Rücken – wenn ich *wirklich* Buddhist wäre, meinte er, dann müßte mir das doch egal sein, und ich könnte auch schreiben, wenn er herumpusselt.

Und da ich wirklich schrieb, war ich auch froh, als ihn endlich die Polizei holte, obwohl ich das übliche Theater machte: »Habt ihr einen Haftbefehl?«, und so weiter. Ich schrieb, woher wäre sonst der Seetang und der braune Reis und die Misosuppe gekommen? Jeden Morgen fuhr ich zum Zazen in das Zen-Center in der Bush Street, ging also konsequent um zehn Uhr ins Bett, während unten die Leute in Stiefeln auf dem Wohnzimmertisch tanzten oder Kriegsszenarien probten: Wohin mit den Kindern, wenn die Ballerei losgeht? Ich stand um vier auf, weckte die beiden Mitstreiter aus Michigan, die auf der Veranda schliefen, und gemeinsam schoben wir im Licht der Dämmerung den VW-Bus die Oak Street hinunter, bis er ansprang, und fuhren zum Zen-Center. Zurück bereitete ich genügend Haferflocken oder Reisbrei für die Armee von Leuten, die wir inzwischen waren, aß etwas und ging in mein großes Zimmer, um zu schreiben, bevor der Trubel wieder losging.

Maurice Girodias hatte ich in New York kennengelernt und in seinem Auftrag die Sexszenen für einige langweilige und harmlose Romane geschrieben, die er als Handlungsgerüst gekauft hatte, um sie mit entsprechend eindeutigen »Stellen« aufzupeppen – das Oregano in der Tomatensauce. Bevor ich wieder abreiste, fragte er, ob ich nicht selber etwas schreiben wolle, und da es immer offensichtlicher wurde, daß wir knapp bei Kasse waren und sich dieser Zustand auch nicht so schnell ändern würde, setzte ich mich hin und schrieb genug Seiten zusammen, um einen Vorschuß zu bekommen (1968 gab es in San Francisco alles, wirklich alles, was du haben wolltest – 400 Kilo Fisch umsonst, 85 Kilo Gras, hervorragenden billigen Wein, Essen für nix, Strand und Himmel – alles, nur kein Geld; wo immer »Wohlstand« sein mochte, er war gerade immer irgendwo anders). Es war das erste und einzige Mal, daß ich ausschließlich für Geld geschrieben habe, aber es führte kein Weg daran vorbei.

Dabei hätte das Geld gar nicht knapp sein sollen. Bevor ich New York verließ, hatte ich aus Washington ein Stipendium über zehntausend Dollar zugesprochen bekommen – damals eine ganze Menge. Die gesamte Summe sollte am 1. Juli ausgezahlt werden, zehn Tage, nachdem wir nach San Francisco aufgebrochen waren. Doch Dank der Launigkeit der Bürokratie kam ein Teilbetrag erst im folgenden Januar, und der Rest in kleinen und wenig hilfreichen Raten. Klar war nur, daß der bunt zusammengewürfelte Haufen von zwanzig und mehr Menschen, die sich in den Zimmern und auf den Treppen und Emporen meines Hauses tummelten, etwas zu essen haben mußte.

Und so setzte ich mich nach meiner Morgenmeditation und dem makrobiotischen Frühstück an die Schreibmaschine, saß tatsächlich an jenem Fenster mit Blick auf die Bucht, das ich von den Göttern erfleht hatte, und brachte Erinnerungen zu Papier, während Schwarze und Weiße Panther, Hells Angels, Plappermäuler, Rockbands, diverse chinesische und indianische Dealer und windellose Babys ins Zimmer und wieder hinaus spazierten (keiner kümmerte sich darum, ob die Tür zu war, und wenn man abschloß, konnte es richtig Ärger geben). Je weiter ich mit dem Schreiben kam, um so tiefer geriet ich in die Geschichte hinein, in die Erinnerungen an die frühen Fünfziger Jahre in der »Stadt der Städte« – ich eignete mir die Vergangenheit neu an. Beim Schreiben legte ich die Platten von Bird und Clifford Brown auf, hörte immer wieder Miles Davis' »Walking«, und perfekte kleine Erinnerungen an längst vergessene Zimmer, Ereignisse und Menschen tauchten erneut vor meinem inneren Auge auf; das ist eine der schönen Seiten am Prosaschreiben, und ich erlebte sie jetzt zum ersten Mal. Ich bin froh, daß ich das Buch geschrieben habe, und daß ich es damals geschrieben habe, bevor ich so vollständig in die Welt der Westküste eintauchte. Als ich es jetzt wiedergelesen habe, konnte ich mich an vieles nicht mehr erinnern – es kam mir vor wie die Geschichte eines anderen Menschen.

Berge von Wörtern gingen auf die Reise nach New York, wann immer die Miete fällig war, und kamen zurück: MEHR

SEX hatte Maurice in seiner unverwechselbaren Handschrift auf das Deckblatt gekritzelt, und ich erträumte mir ausgefallene Stellungen und bizarre Konstellationen, packte alles in die Geschichte und schickte sie zurück. Manchmal ging ich durchs Haus und suchte Leute, um etwas Bestimmtes auszuprobieren: »Leg dich mal hin, ich muß sehen, ob das so funktioniert.« Und sie legten sich – angezogen – hin, und wir versuchten herauszufinden – freundlich desinteressiert –, ob eine bestimmte Verrenkung machbar war; danach ging jeder wieder seines Weges, und niemand hatte auch nur einen Hauch von Erotik verspürt.

Gegen Mittag hatte ich mein Tagespensum erfüllt, machte Feierabend und ging nach Japantown, um rohen Fisch zu essen und Sake zu trinken – der einzige Weg, sich an den ständigen Regen, Nebel und Seewind auf dieser Halbinsel zu akklimatisieren. (Eukalyptusbäume im Regen, ihr Geruch und Hundescheiße, das Gasfeuer im gekachelten Kamin – Erinnerungen an diese Morgende). Nach dem Essen kam das Spielen, das Schicksal, die Politik, und das »wahre« Schreiben, all die Dinge, mit denen man sich in dieser bewegten Zeit beschäftigte.

Schließlich war das Buch fertig, und als das Geld des Stipendiums kam, beglich ich damit die Schulden meines Mannes, der aus Indien zurück war; dann wurde die Szene rauher und trauriger, jeden Tag stand das FBI in der Tür, und es schien an der Zeit, den Laden dicht zu machen und in die Provinz zu ziehen. Aber das ist eine andere Geschichte.

Diane di Prima
San Francisco, Herbst-Tagundnachtgleiche, 1987

»Was ist denn eigentlich aus all den Beatniks geworden?« fragte nachdenklich die junge blonde Studentin, die mich nach meiner Lesung in Berkeley zurück nach San Francisco fuhr.

Nun, meine Liebe, einige von uns gaben auf und wurden Hippies. Einige schafften es, ihrer Überzeugung treu zu bleiben und lebten von Stipendien oder schrieben pornographische Romane. John Wieners ist verrückt und sitzt in der geschlossenen Abteilung in Buffalo, Fred Herko sprang aus dem Fenster, Gary Snyder ist Zen-Priester. Und so weiter. Oder, wie meine elfjährige Tochter neulich zu mir sagte, als sie an die frühen Jahre ihrer Kindheit dachte:

»Ich vermisse die alten Zeiten. Sie waren hart, aber schön.«

Heute ist alles irgendwie netter. Ein Neues Zeitalter, dessen Babyspeck noch dran ist.

Bleib *stoned.*

Diane di Prima, Mai 1969

Februar

Ich erwachte zu den morgendlichen Geräuschen des West Village. Verkehrsgeräusche. Draußen fuhren Lastwagen über die nasse Fahrbahn. Sie hupten nervös und schnauften einander an. Das Fenster war offen, und die Jalousie klapperte leicht, schlug einen unregelmäßigen Rhythmus gegen den Fensterrahmen. Ich öffnete die Augen, drehte mich im Bett herum und ließ den Blick schweifen.

Das Zimmer war in einem hellen Gelb gestrichen, was das graue Licht der verregneten Dämmerung erträglich machte. Abgesehen von unserem niedrigen Bett, bestand die Einrichtung des Raumes aus Rollbrettern, die bei nahgelegenen Papierhändlern geklaut und mattschwarz gestrichen worden waren. Sie dienten als Stühle und Tische, und keine Kissen störten die Kargheit der Einrichtung, keine indischen Drucke an den Wänden oder Deckchen aus Omas Zeiten, die uns dann in den Sechzigern so vertraut wurden. An der Wand, dem Fußende des Bettes gegenüber, stand auf einem dieser Rollbretter eine Kerze, mindestens 30 Zentimeter dick und einen Meter hoch. Auf diese Kerze war Ivan besonders stolz. Als wir hierher gekommen waren hatte er mir erklärt, daß schon das Wachs, das man brauchte, um sie herzustellen, siebzehn Dollar gekostet hatte. Sie war die Lichtquelle für unsere nächtlichen Unternehmungen.

Obwohl die Wohnung im ersten Stock lag, war das Zimmer mit falschen Dachschrägen »verschönert« worden. Sie zogen sich bis über den oberen Teil der Fenster herunter und hielten das Bett im Schatten. Es war ein großer Raum, und die frische Farbe und der makellos gestrichene Fußboden verliehen ihm das Aussehen einer Luxusmansarde. Als wären die Leute in *La Bohème* zu Geld gekommen und hätten alles frisch gestrichen, dachte ich grinsend.

Durch einen Gang konnte ich gerade noch die schrankgroße Küche erkennen, in der neue Gerätschaften blitzten. Rechts von der Küche, wußte ich, war ein ebenso kleines Bad, frisch gekachelt und mit schweren, flauschigen Handtüchern in luxuriösen dunklen Farben und verschiedenen teuren Badeessenzen ausstaffiert. Eine perfekte Miniatur, eine Puppenstube; und irgend jemand spielte hier zweifellos »Zuhause«.

Na gut, hier war ich also. Ich streckte meine Beine, krümmte die Zehen und seufzte leise, um den Jungen neben mir nicht zu wecken. Hier war ich also und dachte sarkastisch: Dies ist sicher nur die erste von vielen fremden Wohnungen, in denen ich noch aufwachen werde. Die Muskeln meiner Oberschenkel schmerzten und ich glitt mit der Hand darüber, um das Sperma zu fühlen, das hier und da noch an ihnen klebte. Dann ließ ich die Hand zwischen meine Schamlippen gleiten. Behutsam drang ich weiter vor, die Haut fühlte sich wund an. Er war wirklich ziemlich groß, dachte ich. Einen Großen beim ersten Mal, das war gut. Ein wohliger Schauer durchlief mich beim Erkunden des Vertrauten, und auf meinen Armen bildete sich eine Gänsehaut. Vergnüglich grinsend überlegte ich, daß ich jetzt sicher keine Probleme mehr mit Tampax haben würde.

Ivan schlief noch immer, den Rücken mir zugewandt. Behutsam streifte ich die Decke ab und verglich den rosigen, fast violetten Ton meines Fleisches mit dem olivfahlen Schimmer seines Körpers. Wir sahen gut aus zusammen. Wie schön, hier erregt nebeneinander zu liegen, die streichelnde Hand auf der zarten Haut meiner Brüste und meines Bauches in der Gewißheit, der lustvolle Tanz der Begierde könne jederzeit von neuem beginnen.

Ich drehte mich auf die Seite, legte den Mund an seinen Rücken und fuhr mit der Zunge zart den Vertiefungen seiner Wirbelsäule nach. Ganz unten, kurz vor den Arschbacken, war ein besonders großer Wirbel. Mein forschender Mund folgte der Wirbelsäule bis zum Ende. Dann begann ich wieder von oben, diesmal mit dem Finger, strich leicht über seine Flanke und Seiten, so daß sich der zarte Flaum aufrichtete, der seine fahle Haut bedeckte.

Ivan war inzwischen hellwach, regte sich unter meinen Händen, und als ich mit der Zunge seine Nackenhaare erreicht hatte, drehte er sich um und bedeckte meinen Mund mit seinem. Ich ließ den Arm unter seine Schultern gleiten, bemerkte dabei, daß sie für seine Größe schmal waren – schmal wie die eines Mädchens. Aus irgendeinem Grund erregte mich das noch mehr; ich drehte mich so, daß ich halb auf ihm zu liegen kam, und konzentrierte mich ganz auf unseren Kuß.

Es gibt so viele verschiedene Küsse, wie es Menschen auf der Erde gibt. Keine zwei Menschen küssen gleich – auch keine zwei vögeln gleich –, aber irgendwie ist der Kuß etwas Persönlicheres, Individuelleres als ein Fick.

Da sind diejenigen, die angespannt küssen, ernsthaft, die

Lippen fest und verkrampft, mit harter Zunge, die sie dem Gegenüber so tief wie möglich in den Mund stoßen wollen; andere küssen gleichgültig, wie nebenbei, träge, mit schlaffem Mund, mit sanfter Berührung, ihre Zungen scheinen der Anstrengung, sich vorwärts zu bewegen, kaum gewachsen zu sein. Es gibt auch gerissene Küsser, deren Kuß zunächst beiläufig wirkt, aber hinterrücks zu großartigen Lustexplosionen führt. Dann diese schmeichlerischen Küsser, deren Kuß so schlüpfrig ist, daß man sich leicht abgestoßen fühlt, so als hätte man gerade einen schnellen Fick auf dem Badezimmerfußboden hinter sich; und jene jungfräulichen Küsser, die zwar gerade dabei sind, das Innere deines Mundes nach Außen zu kehren, zwischendurch aber keusch nach deiner Hand tasten. Dann gibt es welche, für die ist Küssen wie Vögeln: Ihre Zunge stößt hektisch zwischen die Lippen des Gegenübers, ein wilder atemloser Rhythmus. Es gibt noch viele, viele andere Grundformen des Kusses – mir fallen auf Anhieb mindestens zwölf ein. Schreib hier Deine Favoriten auf:

Unser Kuß begann mit weichem Mund, entspannt, spielerisch die Lippen streifend, der Versuch, ein Mund zu werden, ohne Anstrengung, wie von selbst. Die Erregung steigerte sich, bis die Lippen wild zwischen die immer noch geschlossenen Zähne gepreßt wurden. Ein kurzes Atemholen, dann erforschte seine Zunge die Innenseite meiner Unterlippe, glitt mit kurzen Stößen in alle Ecken, massierte mein Zahnfleisch und drückte die Lippe nach unten. Die Zunge zog sich zurück, und sofort folgte ihr meine, wiederholte das ganze Spiel intensiver, stieß unter seine Oberlippe und in seine Mundwinkel, drückte sich erst in die eine und dann die andere seiner eingefallenen Wangen. Als ich davon genug hatte ging ich dazu über, die Innenseite seiner Unterlippe mit den Zähnen anzuknabbern. Jetzt kam seine Zunge entschlossen und angespannt zurück, erkundete meinen Gaumen und die Haut unter meiner Zunge. Wir wechselten die Lage, damit Münder und Körper noch näher aneinander kamen. Meine Hand fand seinen stattlichen, schönen Schwanz und begann, ihn zu kneten und zu streicheln, was ich nur gelegentlich unterbrach, um seine Eichel mit meiner gewölbten Hand zu umschließen.

Unsere Zungen kreuzten jetzt die Klingen im lustvollen Duell, während die Körper sich wanden, nach immer engerem Kontakt suchten. Ich schob ein Knie unter seine Eier und ließ es sanft kreisen, erforschte seinen Gaumen mit der Zungenspitze. Ungeschickt preßte er mir den Oberschenkel zwischen die Beine und streifte meine Klitoris. Eine warme Welle der Lust breitete sich in mir aus; ich begann, meine Möse an seinem Bein zu reiben, umklammerte es mit beiden Schenkeln, mein Mund löste sich von seinem, suchte nach der kleinen Vertiefung unter seinem Kehlkopf, die ich so liebte.

Mit zurückgeworfenem Kopf und geschlossen Augen lag er da, als ich mit dem Mund der Linie seines Halses zu Schlüsselbein und Brust folgte und eine zarte Speichelspur auf seiner blassen Haut zurückließ. Meine Zunge spielte kurz mit den harten, zierlichen Nippeln und setzte die Reise nach Süden fort, legte hier und da eine Pause ein, um am delikaten, glatten Fleisch unter den Rippen zu nuckeln oder sich in seinen Nabel zu bohren. Eifrige Hände drängten meinen Kopf weiter, hin zu seinem riesigen Schwanz, aber ich widerstand – spielerisch. Ich wollte nicht gedrängt werden. Ich nahm eines der schwarzen Haare auf seinem Bauch zwischen die Zähne und zog sanft daran. Ich folgte mit dem Mund den wohlgeformten Beckenknochen und betrachtete sein festes, straffes Fleisch, wie es sich zu einer Mulde vertiefte, weich und sinnlich wie Sanddünen. Ich hinterließ dort einen purpurnen Abdruck meiner Zähne und setzte gemächlich meinen Weg fort. Ivan stöhnte. Der Druck seiner Hände ließ nach, er begann jetzt wie wild mit meinen Haaren zu spielen. Mit Mund und Zunge eroberte ich die weiche Haut zwischen Nabel und Leiste, bis die Muskeln unter meiner Berührung hüpften und zuckten und ich ihn schnell und unwillkürlich keuchen hörte.

Ich rutschte am Bein nach unten und suchte seinen steifen Schwanz, liebkoste ihn, beknabberte seine Seiten, umspielte mit der Zunge die Wurzel, das dunkel verfilzte, muffig riechende Haar. Schließlich gab ich dem Drängen seiner Hände nach und schloß den Mund über der großen Eichel, schmeckte die bittersüße Flüssigkeit auf ihrer Spitze, versuchte, ihn so tief wie möglich in mich aufzunehmen. Ich schob die Hände unter seine Arschbacken und drehte ihn näher zu mir, bewegte den Kopf auf und ab und drückte meine nasse Öffnung gegen sein Knie. Ich war berauscht, starrte mit verschleiertem Blick auf einen Sonnenlichtfleck an der gelben Wand und erinnere mich noch, sinnloserweise gedacht zu haben, daß es aufgehört hatte zu regnen. Am Kopfende keuchte und stöhnte Ivan.

Mein eigenes Verlangen wurde brennender. Ich wollte diesen riesigen, pulsierenden Schwanz in mir haben. Als ihn ein Schauer durchzitterte, zog ich den Mund schnell zurück. Ich verweilte mit der Zunge kurz bei seinen vollen Eiern, glitt an seinem Körper entlang nach oben, stützte mich auf die Arme und spreizte die Beine so, daß mein feuchtes Loch direkt über seinem Ständer war. Ich ließ mich auf ihn herab, führte ihn an den richtigen Ort und wand mich, um ihn in meine noch enge Öffnung zu zwängen. Aber da fehlte noch ein Stück, ich kriegte sein gewaltiges Werkzeug nicht ganz in mich hinein. Wir lösten uns kurz voneinander und ich schob ein Bein über seine Schulter, seine Hände zogen an meinem Hintern – dann war er bis zum Anschlag drin. Alles in mir schien zu schmelzen, ein grauer Schleier waberte vor meinen Augen. Wir lagen auf der Seite, mein eines Bein ausgestreckt, das andere über seiner Schulter, wir pumpten und kreiselten in wachsender Ekstase. Mein langes Haar löste sich und fiel in Kaskaden über uns beide. Endlich ließ ich, von Lust überwältigt, los und fühlte eine Welle des Entzückens durch mein Fleisch jagen, als sein warmes Sperma meine Möse bis zum Überlaufen füllte und er mit einem zitternden Schrei über mir zusammenbrach.

Ich weiß noch, daß es sehr lange dauerte, bis wir uns wieder bewegten, denn als ich den Kopf hob, sah ich, daß der Sonnenfleck sich ein ganzes Stück auf der Wand weiterbewegt hatte und nahe bei den Holzbalken stand. Ich bewegte mein Bein, und Ivan zog seinen schlaffen nassen Schwanz aus mir heraus, was ein köstliches und delikates Gefühl auslöste. Er griff mit einem Arm über mich nach dem elektrischen Wecker, den wir bei unseren Tanzübungen umgestoßen hatten. Als er sah, wie spät es war, stieß er einen langen Pfiff aus und wollte sich aufrichten, fiel aber gleich wieder zurück, um meine Lider zu küssen und mit den Lippen an meinen Ohren zu nuckeln. Ich rutschte auf ein trockeneres Stück Laken. Er nahm eine Strähne meines Haares, breitete sie wie ein Netz über mein Gesicht und küßte mich durch sie hindurch. Unsere Zungen begegneten sich wie durch einen Schleier. »Hmpf«, sagte ich.

»Hungrig?« fragte er, setzte sich auf und schwang die Beine über die Bettkante auf den Boden.

»Ein bißchen«, antwortete ich, und kuschelte mich tiefer in das Kissen, um klarzustellen, daß ich nicht aufstehen und mich darum kümmern würde.

Ivan erhob sich, und ich betrachtete seinen fremden schönen Körper, während er zur Dusche ging. Zweifellos zu groß und zu blaß. Seine Haut schimmerte, eine Figur von El Greco. Er war sehr schön, entschied ich, und schmiegte mich noch tiefer in die warme Stelle, die unsere Körper hinterlassen hatten. Ich döste weg.

Und erwachte vom Duft des Kaffees und dem Brutzeln der Eier. Ivan hatte geduscht und sich angezogen und stand über mir, grinsend, mit zwei dampfenden Kaffeetassen in den Händen. Er stellte sie ab und setzte sich neben mich, während ich mich schlaftrunken aufsetzte; das Laken glitt von meinen Schultern, die Haare fielen mir ins Gesicht. Gierig nippte ich von der süßen heißen Flüssigkeit. Sie vertrieb die Traumnebel aus meinem Kopf, und über den Tassenrand warf ich Ivan einen verstohlenen Blick zu. Das war nicht der junge

Pirat, den ich vergangene Nacht im Village getroffen hatte. Auch nicht das El-Greco-Gemälde, mit dem ich geschlafen hatte. Ein junger Mann, eher still, dünn, in blauen Jeans und blauem Arbeiterhemd, das Haar ordentlich gekämmt. Ivan bemerkte den Blick, erriet meine Gedanken und grinste. Ich grinste zurück. Worte waren unsere Sache nicht. Dann machte er Anstalten, mich hochzuziehen.

»Na los«, sagte er, »die Eier werden kalt.«

Ich stand auf und ging nackt in die Mitte des Zimmers, wo ich mich gähnend streckte; das Sonnenlicht, das ich den ganzen Morgen vom Bett aus betrachtet hatte, umspielte meine Knöchel. Mein Haar wickelte ich zu einem unordentlichen Knoten, damit es mir nicht ins Gesicht fiel. Irgend etwas tropfte auf meinen Fußrücken, aber das ignorierte ich. Ivan warf mir ein blaues Jeanshemd zu, identisch mit dem, das er trug; ich zog es an, rollte die zu langen Ärmel hoch und ging – nunmehr bekleidet – zum Frühstück.

Wir saßen an einem winzigen Tisch in dieser miniaturisierten Junggesellenküche und verschlangen frisch gepreßten Orangensaft, Spiegeleier und angebrannte English Muffins, die in Butter schwammen. Ivan trug jetzt seine Brille, was ihn vollends in einen nüchternen, fast zu ernsthaften jungen Werktätigen verwandelte.

»Mach einfach die Tür hinter dir zu, wenn du gehst«, sagte er mit vollem Mund. »Sie schließt von selbst. Bleib so lange du magst, hör dir Platten an, schreib, was auch immer.« Nach einem unmerklichen Zögern fuhr er fort: »Sehen wir uns heute abend?«

Das Zögern gefiel mir. Mir gefiel auch das Vertrauen, mit dem sich alles zwischen uns abgespielt hatte, aber ohne das

Zögern hätte er doch ein wenig überheblich gewirkt. Ich unterdrückte ein weiteres Grinsen und füllte mir den Mund mit Ei.

»Ich weiß nicht«, sagte ich. »Kommt drauf an. Ich wohne noch zu Hause.«

»Wir sehen uns«, sagte er. »Um neun. Bei Davids.« Davids war ein auf künstlerisch getrimmtes Café in der MacDougal Street. In jenen Tagen das einzige, außer den Mafialäden.

»OK«, sagte ich und machte weiter auf cool. »Wenn ich nicht da bin, warte nicht auf mich.«

Er warf mir einen langen, verspielten Blick durch die Wimpern zu, der halb bettelte, halb mir befahl, dort zu sein, und nach einem sehr nach Ei schmeckenden Kuß ging er zur Arbeit.

Februar
(Fortsetzung)

Ich war alleine in der Wohnung und hatte dieses besondere Gefühl von Luxus, das ich immer habe, wenn ich allein bin. Ich schenkte mir noch einen Kaffee ein, zuckerte ihn ausgiebig und füllte die Tasse mit Milch auf. Eine alte Angewohnheit aus der Zeit, als ich häufig kaum zehn Cent in der Tasche hatte und der Kaffee das Frühstück war, oder das Abendessen. Mit viel Milch und viel Zucker hielt er länger vor, als Nahrung, als Energie.

Ich schlenderte zum Bücherregal, zog die New Directions-Ausgabe von García Lorca heraus und versenkte mich in die Elegie für Ignacio Sánchez Mejías. Die Kaffeemaschine hielt den Kaffee unbegrenzt warm. Nach einer Weile holte ich mir eine weitere Tasse und schlenderte zum Bett. Ich stellte die Tasse auf den Boden, glättete die zerknitterten Laken, legte eine Bach-Kantate auf den Plattenspieler und streckte mich mit dem Buch aufs Bett. Meine Gedanken wanderten umher, bald tat ich das Buch zur Seite und überließ mich den Träumereien.

Im großen und ganzen war ich ziemlich zufrieden. Ich mochte Ivan, mochte seine komische Schüchternheit, die auch als cool durchgehen konnte, mochte seinen mageren Körper, den großen Schwanz. Ich mochte das warme, volle, befriedigte Gefühl in meinem Inneren. Ich aalte mich darin, kuschelte mich tiefer in das weiche Bettzeug und ließ halbwach die Ereignisse der vergangenen Nacht Schritt für Schritt noch einmal Revue passieren.

Ich hatte mit Susan O'Reilley, einer Freundin von der Oberschule, im Swing Rendezvous gesessen, einer Schwulenbar in der MacDougal Street, die der Mafia gehörte. Wir beide hatten vor einigen Wochen unserem jeweiligen College den Rücken gekehrt, wohnten unter schwierigen Umständen zu Hause und waren auf der Suche nach Jobs und einer Wohnung, nach einer nächtlichen Zuflucht vor wütenden Eltern, die schon mehr als einmal die Polizei gerufen hatten. Einer Zuflucht vor der ganzen bedrohlichen Welt. In dieser Bar fühlten wir uns sicher. Der dicke, dumpfe Rausschmeißer mit seinem Bronx-Akzent; der dürre grauhaarige Mafia-Mann mit buschigen schwarzen Augenbrauen, der im Hintergrund saß und alles im Auge hatte; die lesbische Kellnerin namens Stevie Martini, so hübsch und schlank, das kurze, blondierte Haar in klassischer Entenschwanzfrisur; Barbara, das traurige kleine Mädchen mit den großen schwarzen Augen, das hinter der Bar arbeitete und Stevies Freundin war – sie alle waren in den vergangenen Wochen zu einer Art Familie geworden.

Das Swing war ein Zufluchtsort, weil es keiner Konvention unterworfen war, ein Treffpunkt der Außenseiter. Heutzutage, wo die »schwule Emanzipation« in vollem Gange ist, hat Homosexualität ihr soziales Stigma verloren, und damit auch den affektierten, bitteren Romantizismus, der so liebenswert ist. (Ich erinnere mich an einen befreundeten Stricher, der eines Nachts in Lennys Hideaway einen zudringlichen Geschäftsmann mit den Worten abblitzen ließ: »Mir ist heute nacht einfach nicht nach Extravaganzen zumute, Liebes.«)

Schwulsein kann heute nicht mehr als Entschuldigung dienen, vor der Welt zu fliehen, die Gesellschaft, in der man lebt, zu verteufeln, in die Isolation abzutauchen und sich abzusondern. Schwulsein ist nicht länger Bestandteil schwarzer Magie: Cocteau, Genet, oder Kenneth Anger. Gerade letzte Woche habe ich ein Exemplar von *The Well of Loneliness*, dem heimlichen Klassiker der Generation meiner Mutter, in einem Trödelladen in der Haight Street gesehen; zehn Cent sollte es kosten.

Wir saßen in einer dunklen, holzgetäfelten Nische auf verschlissenen roten Lederpolstern; unsere Bewegungen wurden von den blaugetönten, fleckigen Spiegeln reflektiert, die rundherum an den Wänden angebracht waren. Wir redeten, wir tranken, manchmal standen wir auf und tanzten miteinander oder mit einem der Stammgäste, hetero oder schwul, die wir mittlerweile kennengelernt hatten und die uns fast so vertraut waren wie wir einander.

Der Tanz hieß Fish und war ein Vorläufer des Twist, nur viel freier. Man konnte ihn paarweise tanzen, so wie die Älteren den Foxtrott. In diesem Fall schob man sein Bein über das Bein des Partners, er schob sein Knie in deinen Schritt, und du pflanztest deine Möse auf seinen Oberschenkel; du spürtest seinen Ständer am Bauch oder an der Hüfte, während die Hände locker herabhingen oder in den hinteren Jeanstaschen steckten, um das Becken besser nach vorne zu schieben. Man konnte den Fish auch frei tanzen, zu zweit, zu dritt, sogar zu fünft: Dann stampfte und hüpfte man herum, beugte sich zurück, ging in den Spagat, drehte Pirouetten und »erstarrte«. »Erstarren« war eine Kunst. Man warf den Kopf zurück, streckte die Arme nach vorne, und während man sich langsam rückwärts beugte, spannte man jeden Muskel des Körpers einzeln an und ließ ihn vibrieren. Es gab nicht viele, die richtig »erstarren« konnten, die ganze Zeit wirkte man ziemlich unbeteiligt, das Gesicht verriet keinerlei Emotionen. Der Tanz hieß Fish und das Spiel Cool.

Sogar im Bett noch, dachte ich, hieß das Spiel Cool. Die Kantate war zu Ende, der Plattenwechsler zitterte kurz und spielte die Scheibe von vorn. Trompeten und Holzbläser. Eine leichte Brise bewegte den Vorhang, strich über meinen nackten Körper, verursachte an einigen Stellen Gänsehaut; ich grübelte weiter und versuchte mich zu erinnern, wie ich hierher gekommen war.

Susan und ich hatten in unserer Nische gesessen, jede in ihrer Ecke, und über dies und das geredet. Susan hatte die Tanzfläche im Blick: ein junger Mann namens Claudia mit einer schwarzen Strähne im blonden Haar wirbelte und verrenkte sich zu einer lauten Rhythm-and-Blues-Nummer – Dinah Washington beklagte sich über einen Fick mit dem Vermieter. Ich beobachtete den Durchgang, der die Bar von dem hinteren Zimmer mit den Tischen und der Tanzfläche und den Schutzengeln von der Cosa Nostra trennte. Aus Angewohnheit setzte ich mich immer so, daß ich die Tür im Auge behalten konnte. Wir fühlten uns sicher hier, keine Frage, aber ich wollte für alles gewappnet sein.

Zwei durchaus hübsche junge Männer kamen herein und blieben im Eingang stehen. Der eine war ein bißchen größer als der andere, mit dunklen Augen, unglaublichen Wimpern, hohen Backenknochen und einer fast hageren Gestalt. Er trug ein wundersames Hemd aus irgendeinem weichen Material, der hohe Kragen am Hals offen, mit sehr weiten Ärmeln und

Manschetten. Sein Freund sah weicher aus, jünger, hatte helle blaue Augen und einen teuren italienischen Pullover mit breitem Kragen an. Vor ein paar Tagen waren wir uns in Davids Kaffeestube schon einmal begegnet. Ich hatte hochgeschaut, als der Größere vor meinem Tisch stand und auf mich herabsah. »Ich bin Ivan«, hatte er gesagt, »und das ist Robin.« »Ich bin Diane«, hatte ich geantwortet, »und das ist Susan.« Wir hatten uns noch ein paar Augenblicke lang angegrinst, und dann waren sie gegangen.

Heute abend trafen sich unsere Augen mit einem Anflug des Wiedererkennens. Dann drehte er sich um und sagte ein paar Worte zu seinem Begleiter. Die ungezwungene Art, mit der er sich über ihn beugte, und die unbestimmte Sanftheit, mit der der Jüngere zu ihm aufblickte, ließen mich überlegen, ob sie wohl Liebhaber seien. Ich drehte mich zu Susan, um sie nach ihrer Meinung zu fragen, aber als ich wieder zur Tür blickte, waren sie schon gegangen.

Ich hatte meine Hand über den rauhen Jeansstoff streichen lassen, der Susans Knie bedeckte, und sie angelächelt. Um Wärme, um Behaglichkeit. Sie drückte meine Hand zwischen ihre Beine und lächelte zurück. Im gedämpften Licht spielte ihre lange, schmale Hand mit der perlenden Feuchtigkeit auf ihrem Bierglas. Angelsächsische Unschuld, dachte ich. Das hat sie, das ist sie. Große blaue Augen, wie Untertassen, ein weicher voller Mund und eine Himmelfahrtsnase. Wozu St. Augustine gesagt hatte: »Nicht englisch, sondern engelhaft.«

Ich drehte mich im Bett herum, schob die Hand unter das Kissen und dachte an sie. Blondes Haar, über der Stirn zu einem Pony geschnitten, das in einem weichen Pagenschnitt auf ihre eher breiten, aber mageren Schultern fiel. Sie sah so aus, als ob sie in einem Methodistenchor singen würde – was sie bis vor kurzem auch getan hatte. Ihre Bluse war aus einem geradezu unglaublich dünnen Stoff, durch die man die hübschen, rosenknospigen Spitzen ihrer kleinen Brüste sehen konnte. Ihre Bluejeans hatten einen hohen Bund und lagen eng an den Hüften an, und um ihre Taille hatte sie eine purpurrote Schärpe gebunden. Ich zog das Laken fester um meine Schultern, um den Wind abzuhalten, und fragte mich, wo sie jetzt wohl war und wie es ihr ging.

Worüber hatten wir gestern abend gesprochen? Ich überlegte, konnte mich nicht erinnern, nur an die Intensität unseres Gesprächs, den Rückhalt und die Freude, die ich in ihrer Gegenwart immer wieder empfand. Herzflimmern!

Mir fiel wieder ein, daß sich plötzlich ein junger Matrose neben mich in die Nische gesetzt hatte. Er hatte Augen nur für Susan, war betrunken und sah ziemlich traurig aus. Ob wir schon jemals in Springfield, Illinois, gewesen seien, wollte er wissen. Wir hatten New York niemals verlassen, von unseren kurzen Eskapaden am College abgesehen, und Springfield hätte auch auf dem Mond liegen können. Nein, antworteten wir. Er erzählte uns, wie sehr er all die Jahre auf der Oberschule in Peggy Lee verliebt gewesen sei. Und wie er geweint hatte, als er herausfand, daß sie auf Drogen war – Heroin, sagte er. Während er uns die Geschichte erzählte, brach er fast wieder in Tränen aus. Strohblondes Haar und rosige Pausbacken, milchgemästet und dumm und auf dem Weg nach Korea. Wir drei fummelten unter dem Tisch einander an den Knien herum, bis Stevie Martini kam und Susan zum Tanzen aufforderte. Sie stand sofort auf, und ich blieb mit Mr. Middlewest zurück.

Traurig blickte er Susan hinterher. »Sie steht auf Mädchen«, verkündete er tiefsinnig, mehr zu sich selbst. Dann drehte er sich zu mir herum und wiederholte, »sie steht auf Mädchen«. Ich sagte nichts dazu, hatte nichts zu sagen.

»Stehst du auf Mädchen?« fragte er und versuchte, mir tief in die Augen zu blicken, ohne dabei vornüber zu kippen.

»Manchmal«, antwortete ich.

»Ich steh auf Mädchen«, ließ er mich trunken und über den Tisch gelehnt wissen. Man konnte sehen, daß er wieder bereit war, sich das Herz brechen zu lassen, so wie Peggy Lee es gebrochen hatte. Dann fing er an zu strahlen: »Laß uns drei Mädchen auftreiben.« Mit einem Schlingern stand er auf und steuerte auf die Männertoilette zu.

Frankie, ein etwa dreißig Jahre alter italienischer Gangster, ließ sich kurz blicken. »Schätzchen«, sagte er mit breitem New Yorker Akzent, »geht dir der Kerl aufn Wecker? Soll ich ihn rausschmeißen?«

»Ist in Ordnung, Frankie«, sagte ich, »ich glaube, ich komm mit ihm klar.«

Frankie ging zurück zu seinem Platz, um weiter auf seine Nutten aufzupassen. Er hatte zwei kleine Mädchen laufen, und eine davon war gerade auf der Tanzfläche. Ich sah ihm nach und war wie immer dankbar für seine schroffe Besorgtheit – als hätte ich einen extrastarken großen Bruder.

Träumerisch dachte ich an die Nacht, als Susan und ich Frankie getroffen hatten. Wir waren durch das Village gelaufen und wußten nicht so genau, wohin wir wollten und wie wir dorthin kommen sollten. Plötzlich stand er vor uns, mit Frettchengesicht, zurückgekämmten schwarzen Haaren und in Röhrenhosen, und musterte uns scharf mit wissenden, heroinglänzenden Augen. »Geniert euch nicht, und keine Angst«, hatte er in einem schleppenden Tonfall verkündet, als hätten seine Worte eine tiefgehende, kosmische Bedeutung, als wären sie ein Orakel. »Geniert euch nicht, und keine Angst«, wiederholte er und versperrte uns den Weg. Als er uns aufforderte, mitzukommen, folgten wir ihm widerspruchslos, und er hatte uns zu dieser Bar gebracht, die jetzt unser Heim, unser Zufluchtsort war.

Susan hatte sich gerade wieder hingesetzt, als der jüngere der beiden, die ich im Eingang gesehen hatte – Robin, jetzt fiel es mir wieder ein –, plötzlich an unserem Tisch stand und mich ansprach.

»Mein Freund möchte mit dir reden. Er hat mich gebeten dich zu fragen, ob du nicht rauskommen möchtest.«

Ich wußte nicht, ob ich die Mischung aus Selbstgefälligkeit und Schüchternheit, die diese Botschaft in meine warme, dunkle Welt trug, mochte oder lächerlich fand – war das eine Frage oder ein Befehl? Der junge Mann, der vor mir stand, strahlte. Ich erinnerte mich an die strenge Schönheit seines Freundes – die dunklen Tartarenaugen und das schmale Gesicht – und stand auf.

»Wir sehen uns«, sagte ich zu Susan. »Kommst du klar?«

Mit der ganzen abgebrühten Erfahrenheit ihrer siebzehn Jahre zog sie an der Zigarette. »Mir gehts gut«, sagte sie, »geh nur.«

Ich hatte so meine Bedenken, sagte aber nichts. Im Gang drehte ich mich noch einmal um und sah, daß jetzt Robin auf meinem Platz saß, Susans Hände in seinen hielt und mit ihr redete. Ich bahnte mir einen Weg durch die Menge an der Bar, öffnete die Tür und trat hinaus in die kühle, frische Nachtluft.

Wind, ein Regenschauer. Und ein junger Mann, der aussah wie ein spitzbübischer Pirat und am Fuße einer schmiedeeisernen Treppe auf mich wartete.

Er sagte nur »Hi«, nahm meine Hand und ließ beide in die Jackentasche gleiten; sein Gesicht verriet Erleichterung und Freude, und ich war froh, daß ich das Protokoll nicht überstrapaziert hatte. Zunächst schweigend gingen wir durch die Straßen und Gassen, den nassen Schmutz der Stadt an den Füßen, Kopfsteinpflaster unter den Sohlen unserer Sandalen, rutschig und glitschig. Gäßchen mit dunklen Laderampen, an denen wir ein paar Mal für einen Kuß hielten. Dann alberne Späße und Geplapper, das wie der Regen funkelte. Auf dem Gehweg vor einem Mietshaus stand ein Sarg, schlicht und grimmig, wie eine Aufforderung, nach Hause, ins Warme, zum Lieben zu gehen; als ob wir eine solche Aufforderung noch gebraucht hätten.

Wir waren eine Treppe hoch durch den sauberen, ordentlich gestrichenen Flur gegangen, und dann in diese merkwürdig gelb und schwarze Wohnung, in der ich jetzt lag. Guter, wärmender Brandy; Ivan zog mir die Sandalen aus und wusch mit einem warmen feuchten Handtuch mir und sich den Schmutz der Stadt von den Füßen. Streifte mir die Kleidung mit einer Unbeholfenheit ab, die mich ihm vertrauen ließ; war dabei nur wenig selbstsicherer als ich beim Öffnen seines Gürtels und der Knöpfe, beim Entblößen dieses mageren, olivhäutigen Körpers. Mein eigener weißer leuchtete im Licht der einen großen und weiteren zwanzig und mehr Kerzen, die überall im Raum verteilt waren.

Der Brandy ließ die Lichter um mich kreiseln. Der Brandy und die Berührung meiner Brüste. Sein Mund auf meinem, als er mein Haar löste. Ich kniete auf dem Strohteppich, seinen Schwanz im Mund, erforschte die lange, glatte Form der Beine. Meine Zungenspitze kitzelte die Eier, mein Haar fiel über die Füße, als ich seine Fesseln beknabberte und streichelte. Wir lagen auf der Strohmatte, und irgendwie schafften wir es ins Bett. Die Welt war ein Karussell, ein Vergnügungspark voller kreiselnder Lichter und Liebesgeräusche. Ich hatte die menschliche Sprache vergessen, sie steckte in meiner Kehle fest. Ich hatte den Namen des Mannes vergessen, dessen Hand in meiner Möse war. Ich zerrte an der Hand. »Nimm den Ring ab«, sagte ich heiser. Meine Stimme kam vom Saturn und verlor sich im Raum.

Dann war er über mir, bockte und spannte wie ein Tier, ein Faun. Aber es ging nicht, meine enge Möse konnte diesen riesigen Schwanz nicht aufnehmen. Sein Drängen, seine Anstrengung stießen mich ab, ich begann mich zu wehren. Er vergrub sein Gesicht in meinem Haar. »Bleib ruhig«, sagte er in mein Ohr, »bleib ruhig und hör dem Regen zu.«

Ich wurde schlaff, trieb in einem weichen, grauen Nebel. Der Raum löste sich auf – waren die Kerzen erloschen? Ich sah nichts. Seine langen schönen Hände unter meinem Hintern zogen mich näher an ihn heran. Ich umfaßte ihn mit den Schenkeln, die Knöchel schlossen sich über seinem Rücken. Ich wußte, ich ertrank, ich konnte das Meerwasser schmekken. Ich konnte mich selbst schreien hören, als er die Membran durchstieß, die meine Jungfräulichkeit gewahrt hatte, aber ich wußte nicht, daß es meine Stimme war. Der graue Nebel explodierte zu Licht und Farben, die mich umgaben. Ich hörte mich selbst stöhnen, hörte Ivan keuchen. Immer wieder und wieder flüsterte er meinen Namen, und dann war da nichts mehr als eine Lust, die ich mir nie hatte vorstellen können und die Woge um Woge durch meinen Körper brandete.

Danach war Blut auf seinem Schwanz, und als ich mich wieder bewegen konnte, leckte ich es ab, schluckte meine Kindheit hinunter, war in der Welt, im Leben angekommen.

Februar
(Schluß)

Die plötzliche Stille weckte mich. Irgend jemand hatte den Plattenspieler abgestellt und die Bach-Kantate, die durch meine Träumereien geklungen war, kam zu einem abrupten Ende. Irgend jemand hatte den Plattenspieler abgestellt. Ich stützte mich auf den Ellbogen und richtete mich halb auf, um zu sehen, wer im Zimmer war.

Der Himmel hatte sich bewölkt, und da die Wohnung nachmittags im Schatten lag, war es ziemlich düster. In der Küche klapperte es.

»Hallo«, sagte ich versuchsweise.

»Hallo«, sagte Robin und kam ins Zimmer. Das Küchenlicht zeichnete seinen Schattenriß in den Türrahmen. Er wirkte größer, als ich ihn in Erinnerung hatte, aber das konnte daran liegen, daß das Bett auf dem Boden stand und ich zu ihm aufsah.

»Oh, du bist's«, sagte ich. »Wie geht's Susan? Ist sie hier?«

»Nein«, antwortete er, »ich habe sie vorhin zu Hause abgesetzt. Sie sagte, sie würde dich anrufen. Dachte, du seist jetzt zu Hause.«

»Nein«, sagte ich, »ich bin wieder eingeschlafen.«

Der natürliche Teenager-Drang, ans Telefon zu gehen und sich alles von der Seele zu schwatzen, überkam mich, und als ich gerade aufstehen wollte, setzte sich Robin auf die Matratze.

»Du bist schön«, sagte er, »dein Haar.« Er legte sich angezogen neben mich und breitete es über mein Gesicht. Unentschlossen, inzwischen fast wach, war ich eigentlich bereit aufzustehen und mich in den Tag zu stürzen, und doch ... Er kam mir sehr schön und jung vor und schaute mich über die Kissen aus verhangenen babyblauen Augen an.

»Dein Haar ist schön«, sagte er, bündelte es mit der Hand und zog es von meinem Gesicht, »und wenn es fort ist, sehe ich hinter dem Kissen einen schönen Jungen.«

Ein *Trip*. Meine alte Sehnsucht vom Piraten, groß und schlank und hart, und überhaupt kein Mädchen. Er sah einen schönen Jungen, und ich lag still und hörte zu.

Aber mehr hatte er nicht zu sagen. Statt dessen schob er sich irgendwie über das Kissen und küßte mich. Überhaupt nicht wie Ivans Kuß – unbestimmter und irgendwie trauriger.

»Hey«, sagte ich sanft, »hey.« Ich legte die Hand auf seine Wange und zog ihn zu mir, küßte ihn auch, länger und gründlicher, zeigte ihm wie, zeigte ihm hundert »Wies«, die er vergessen oder niemals gekannt hatte.

Seine Hand schlüpfte unter das Laken und betastete scheu meine Brust. Zog sich zurück und glitt über die Rippen den Rücken hinunter. Spielte lange mit meinem Hintern, mochte ihn wirklich. Seine Weichheit. Zeichnete Kurven von der Hüfte zum Nabel, dann wieder zurück, suchte sanft die dunkle Falte zwischen den beiden Globen. Er zog die Hand zurück, klebrig von dem kaum getrockneten Saft, der beim Liebemachen am Morgen dorthin geflossen war. Er schlug das Laken zurück und malte mit dem feuchten Finger Zeichen auf meine Schenkel. Ivans Feuchtigkeit, fühlte ich ihn denken. Ich sagte nichts, aber tausend Fragen schossen mir durch den Kopf.

Robin beugte den Kopf auf meinen entblößten Körper und nahm eine Brust in den Mund. Abwägend. Probehalber. Ich ringelte Finger in seine Haare, zog ihn an mich, halb aus Lust, halb in dem unbestimmten Versuch, ihn für etwas zu trösten, was mir selber nicht klar war.

Wie ich ihn so hielt, gingen mir die vielen merkwürdigen, offen gebliebenen Situationen durch den Kopf, die ich in den vergangenen zwei Jahren erlebt hatte, seitdem ich mich mit Fünfzehn auf dem Heimweg von einer Unterrichtsstunde Moderner Tanz zum ersten Mal hatte aufreißen lassen. Eine Vielzahl von Experimenten, auf die ich mich eingelassen und die ich abrupt wieder beendet hatte, jede Menge Liebesszenarien, die ich beobachtet oder an denen ich mich beteiligt hatte, aber das blasierte, professionelle Gehabe meiner Partner war mir immer zuwider gewesen, und so wollte ich den Weg nie bis zum Ende gehen – bis zur vorigen Nacht, als Ivans Schönheit und Unsicherheit mein Herz gewonnen hatten. All die großen und kleinen erotischen Fertigkeiten meiner siebzehn Jahre, die mir in der letzten Nacht durch die Intensität der Ereignisse so völlig abhanden gekommen waren, waren jetzt wieder da und warteten auf ihre Erprobung. Dieser Junge, ängstlicher und verlangender, als ich es je gewesen war, rief sie in mir wach.

Seine Kleidung zu spüren war merkwürdig, die Knöpfe drückten sich in Bauch und Leisten. Wie gern wollte ich ihn ausziehen, seinen weißen Oberkörper sehen, aber ich wußte nicht, was er wollte, wie viel oder wie wenig, und zögerte aus Furcht, ihn zu verschrecken. Das war, ging mir schläfrig durch den Kopf, seine Runde. Ich streichelte den Nacken unter dem Hemdkragen. Er nahm die Lippen von meinen Brüsten, umfaßte sie mit den Händen, vergrub den Kopf dazwischen und arbeitete sich langsam nach unten vor.

Der Reißveschluß der Hose kratzte an meinem Oberschenkel, und ich fühlte den harten Schwanz unter dem Stoff. Robin leckte jetzt meinen Bauch und die Schamhaare, die noch steif von meinem und Ivans Erguß waren, andächtig, hungrig, er schmeckte und verschlang alles, schnüffelte und roch an meinen Schenkeln, teilte sanft meine Arschbacken und leckte den Saft von den Haaren, bis sie wieder weich waren und sich kräuselten. Dann wandte er sich der Klitoris zu, leckte auch hier hingebungsvoll die getrockneten Säfte, widmete sich ihr ganz und gar, völlig gefangengenommen von seinem Tun.

Sein ungeniertes Vortasten und meine eigene Schläfrigkeit ließen Widerstände zusammenbrechen, von denen ich nicht wußte, daß ich sie noch hatte, und als er an meiner rosa Knospe züngelte, zappelte und stöhnte ich, klammerte mich an das Kopfende der Matratze, und mein Körper krümmte sich und zitterte.

Er drehte sich um, preßte den Mund an die Lippen meiner Möse, teilte sie sanft mit der Zunge und saugte lang und tief die Säfte, die sich in mir gesammelt hatten. Ivans Säfte, spürte ich ihn wieder denken. In wachsender Erregung gruben sich seine Hände in meine Flanken, auf denen die Fingernägel lange Streifen hinterließen. Seine Zunge fühlte sich in meiner wunden Scheide warm und überraschend angenehm an, streichelte abwechselnd beide Seiten. Mein Verlangen, das nachgelassen hatte, als die Zunge die Klitoris verließ, kam zurück, und während er tiefer in meine Öffnung vordrang, fing ich an zu zucken und zu beben, packte seinen Kopf fest zwischen die Schenkel, und die Säfte meiner neu erwachten Lust flossen in seinen Mund.

Eine Weile lag ich regungslos, ließ das sanfte Zittern der Haut ausklingen. Ich fühlte, wie die Kühle in Wellen über mich strich, mir Gänsehaut verursachte und die Nippel hart wurden, fühlte die zarte ziehende Süße zwischen meinen Schenkeln; meine Finger spielten gedankenlos mit Robins weichem braunem Haar. Es war so ganz anders gewesen als mit Ivan – dieses Mal hatte ich alles klar und deutlich erlebt, und die Entspannung war sanft gewesen und langsam ausgeklungen. Ich theoretisierte vor mich hin, ob man das wohl als Orgasmus bezeichnen konnte, im Sinne der verbotenen Schriften von Wilhelm Reich, die ich verschlungen hatte, mit ihren penibel gezeichneten Kurven von Orgasmen und Höhepunkten. Aber ich wußte noch zu wenig von den unendlichen Abstufungen und Feinheiten der Lust, und so gab ich es auf und versank in benebelter Schläfrigkeit und undeutlich imaginierter Musik.

Schließlich hob Robin den Kopf und schaute mich an, durchdrungen von dem Licht, das ich so sehr in ihm entzünden wollte. »Du bist ein Schleier«, sagte er, »durch den hindurch wir uns lieben.«

Ich fragte nicht, wie oder wer; seine Liebe zu Ivan war mir nicht entgangen, und als ich ihn mit kleinen drängenden Bewegungen der Hände an mich zog, ging mir nur durch den Kopf, ob sie es miteinander trieben. So viele Fragen.

Ich fragte nicht – wie gesagt, das Spiel hieß *Cool* –, aber zog ihn sanft zu mir herüber, bis unsere Augen auf gleicher Höhe waren. Lange lagen wir schweigend, schauten uns über das Kissen hinweg an; sein Nacken lag auf meinem Arm, und mit der Hand streichelte ich die Schulter unter dem Hemd. Nach einer Weile bemerkte ich an der kaum wahrnehmbaren Veränderung seines Atems, daß sein Begehren erwachte. Meine freie Hand fand den Hosenschlitz, ich schaute ihm liebevoll in die Augen und befreite den harten Schwanz – kleiner als Ivans, aber doch das stark entwickelte Glied eines Mannes. Es strafte den kindlichen Ausdruck seines Gesichts und Körpers Lügen. Ich glitt mit der Hand in seine Unterhose und fühlte die festen Eier, streichelte und glättete sanft die faltige Haut, und zog dann mit der leicht möglichsten Berührung meine Finger über die ganze Länge seines Glieds, besänftigte es, wie ich ein wildes Tier besänftigen würde. Wieder und wieder ließ ich die Hand seinen Ständer entlanggleiten, der wuchs und zu zucken begann.

Robin stöhnte. Seine Augen waren geschlossen, und der zurückgeworfene Kopf betonte den langen, schönen Hals und den hervortretenden Adamsapfel. Ich war erschöpft, vollkommen befriedigt und deshalb Herrin der Lage, beugte mich über das Kissen und knabberte, leckte und saugte direkt über dem Schlüsselbein an diesem weißen Hals. Na gut, dachte ich, ich bin ein Vampir und du bist mein Opfer, und ich werde dein Blut trinken, bis du blaß und bewegungslos daliegst. Während ich mit dieser Phantasie spielte, regte sich auch meine Lust wieder, und ich fuhr fort, mit der Hand seine Eier zu streicheln. Sein Stöhnen ging in ein qual- und lustvolles Keuchen über, doch so unvermittelt, wie ich begonnen hatte, nahm ich den Mund von seinem Hals und die Hand vom Schwanz. Ich wollte ihn ausziehen.

Ein Laut, halb Zischen, halb Winseln, kam durch seine Zähne. »Bitte, jetzt nicht aufhören«, flehte er und zerrte die

Hand zurück zu seinem Organ. Aber ich nestelte weiter am Hemd, bis es offen war und die weiße, haarlose Brust zum Vorschein kam – blaß, blasser als ich selbst, aber ohne die unselige Magie von Ivans fahlgelber Haut. Ich grub meine Zähne in das Fleisch seiner rechten Brust, direkt über dem Nippel, und hinterließ dort einen kleinen Halbkreis von purpurnen Malen, zugleich öffnete ich seinen Gürtel und zerrte an der Hose.

Er hob einfach nur die Hüften, und ich zog die Hose nach unten, ließ sie über den Oberschenkeln hängen und fuhr fort, seinen Schwanz zu streicheln und zu strecken, legte schließlich die ganze Hand darum und bewegte sie schnell und schneller; sein Körper bebte und zitterte. Mein anderer Arm war nach unten zu seinen Hüften gerutscht, und als ich ihn kurz vor dem Höhepunkt wußte, schob ich den Mittelfinger in sein enges und trockenes Arschloch. Er kam mit einem heftigen, verwirrten Kinderschrei, einer Mischung aus Agonie und Lust. Ich sah, wie die heiße, silbrige Soße auf meinen Bauch spritzte und ein Netz auf meinem Schamhaar bildete.

Es dauerte eine Weile, bis sein Keuchen und Zittern nachließ, wir beide trieben in einem Dunstschleier von Erfüllung und Frieden, der einem kurzen Nachmittagsschläfchen glich.

Ich kam zuerst wieder zu mir, stützte mich auf einen Ellbogen und schaute ihn lange Zeit an; spielte mit der Idee, aufzustehen, noch einen Kaffee zu trinken, fragte mich, wie sich die Welt da draußen wohl anfühlen würde, war es kalt oder warm? Der junge Mann lag da, die Augen friedlich geschlossen, die zerknitterte Kleidung, die ihn noch immer größtenteils bedeckte, klebte am Körper. Plötzlich kam die Aggressivität wieder, die ich verspürt hatte, als ich den Finger in sein

Arschloch gedrückt und sein heißes Sperma auf meinem Unterleib gefühlt hatte. Ich wollte seinen Körper unter meinen Händen beben sehen, ich wollte ihn spielen wie ein Instrument. Ich war mir der Absurdität seines halb bekleideten Zustands wohl bewußt, aber das erregte mich noch mehr.

Ich rutschte ans Fußende des Betts und begann, ihm die Schuhe auszuziehen, ließ sie sanft auf den Boden gleiten. Meine Finger schlüpften in die Socken und spielten mit seinen Fesseln – wundersam weich und schmal. Ich zog ihm die schwarzen Nylonsocken aus und hatte einen außerordentlich weißen Fuß in der Hand, fühlte die weiche Haut des Spanns, massierte ihn leicht mit kräftigen Fingern, dann beugte ich mich vor und zeichnete mit der Zunge den Grat des Fußrückens nach. Robin war nicht ganz wach, aber als ich nach oben langte, um ihm die Hosen auszuziehen, hob er willig sein Becken und half mir. Die Haare auf seinen Beinen waren fein, die Waden geschmeidig und langgestreckt wie die eines Tänzers. Ich verfolgte ihre Linien mit meinen Fingern, folgte ihren Vertiefungen, das fellfeine Haar richtete sich auf, und ich glättete es wieder. Ich war nachdenklich, irgendwie unpersönlich, als würde ich auf eine abstrakte Weise Liebe machen.

Der vergangene Tag und die Nacht verschmolzen zu einer einzigen langen Erfahrung, einer Reise durch das Fleisch; und es kam mir vor, als hätte sie ewig gedauert. Ich war erschöpft, entrückt, ganz leicht im Kopf, aber immer noch unendlich neugierig.

Ich legte die Hosen auf den Boden, neben Schuhe und Socken, und wandte mich dem Hemd zu. Robin setzte sich auf und schlüpfte selbst heraus, drehte sich dabei im Bett mit einer halb scheuen, halb gezierten Geste und lag mit dem Gesicht nach unten, den Kopf im Kissen vergraben. Ich kniete auf der Matratze, hockte mich auf die Fersen und begann, mit den Fingerkuppen auf der weichen Haut seines Rückens und Hinterns zu spielen, beobachtete die Gänsehaut, die sich bildete, während er unbeweglich lag.

Ich zeichnete jeden Zentimeter des Rückens und der Flanken nach mit einer Berührung zart wie Schmetterlingsflügel, behutsam, bedächtig. Packte dann langsam fester zu, traktierte die bleiche Oberfläche seines Körpers mit meinen Fingernägeln, fuhr über jeden Fleck seiner Haut und erweckte sie zu Leben. Robin wand sich vor Lust, krümmte sich unter meinen Händen, schnurrte wie ein Kater. Ich spielte lange mit seinem Nacken, streichelte und kratzte ihn abwechselnd. Schließlich nahm ich den Mund dazu und hinterließ eine Reihe von Malen Nacken und Wirbelsäule hinab, züngelte und leckte den ganzen Rücken. Eine feuchte Spur, der Weg einer Schnecke, breitete sich in Kurven über seine Haut aus, die bereits von den langen roten parallelen Spuren meiner Fingernägel gezeichnet war.

Mit den Lippen glitt ich leicht über seine haarlosen Hüften, legte eine Hand in die dunkle Falte zwischen seinen Arschbacken, und während sich mein Mund weiter über seine Schenkel bewegte und bei der Haut seiner Kniekehlen verweilte, überkam mich eine verrückte traurige Zärtlichkeit. Er drückte den Hintern gegen meine Hand, so daß sie tiefer in die dunkle haarige Falte drang, und als ich verstand, wo der Brennpunkt seiner Lust lag, wandte ich diesem meine ungeteilte Aufmerksamkeit zu, teilte die beiden Hügel seines Hinterns, bis ich das kleine, runde Arschloch fand.

Na gut, dachte ich, ich bin bestimmt nicht Ivan, aber ich will dir so viel Lust geben, wie ich kann. Ich überwand einen momentanen Widerwillen und leckte und weitete die Öffnung, während Robin von Kopf bis Fuß zitterte und sich an die Matratze klammerte. Ich richtete mich auf, warf ein Bein über ihn, so daß ich rittlings auf seinen Oberschenkeln zu sitzen kam, nahm sie fest zwischen meine Knie und stieß erst einen und dann zwei Finger in das dunkle Loch, das glitschig von meinem Speichel war. Robin stöhnte und schrie vor Schmerz, als der zweite Finger in ihn eindrang, warf sich hin und her und bockte wild mit seinem Arsch. Ich beugte mich hinab zu seiner Taille und biß zu, bis Blut kam, schmeckte die salzige Flüssigkeit, während meine rechte Hand in seinem Anus hin und her fuhr und meine linke Striemen über seine Schultern zog. Schließlich ließ ich von ihm ab, kniete aufrecht über ihm, sog das Stöhnen und konvulsivische Zittern auf, das ich ausgelöst hatte, und wurde mir endlich auch des Aufruhrs meiner eigenen Gefühle bewußt: Die Macht, die ich ausübte, hatte mein Verlangen geweckt, aber auch Qual und Enttäuschung darüber, daß ich den Akt so nicht vollenden konnte, daß ich nicht der Mann – Pirat oder Juwelendieb – war, den ich mir in meinen jugendlichen Tagträumen immer eingebildet hatte. Plötzlich war ich wütend auf Robin, weil er Ivan und nicht mich, meinen Körper um seiner selbst willen begehrte.

Ich packte ihn mit beiden Händen an den Schultern und drehte ihn herum. Einen Moment sträubte er sich, aber ich grub meine Nägel in sein Fleisch, und er, matt vor unvollendeter Lust und Pein, gehorchte. Sein Glied war riesig und schnellte empor, als es aus seiner Gefangenschaft befreit wurde. Ich kniete über ihm, stieß die Finger tief in meine feuchte Möse, teilte die Lippen und senkte mein Loch über den dunkel geschwollenen Kopf seines Schwanzes. Er war kleiner als Ivans und paßte angenehm in meine immer noch wunde kleine Möse. Einen Moment verharrte ich regungslos, genoß lustvoll die angenehme Fülle, langte dann nach hinten, um mit seinen Eiern zu spielen und suchte sein zerkratztes und schmerzendes Arschloch. Ich begann langsam auf und ab zu stoßen, ritt auf ihm, sein Kopf pendelte in Schmerz und Lust hin und her, und er versuchte erneut, sein Gesicht im Kissen zu vergraben. Mein Finger, noch naß von meinen Säften, steckte wieder tief in seinem After, vollführte kleine Kreiselbewegungen, und seine Lust steigerte sich sprunghaft, als ein Fingernagel, nur kurz und unabsichtlich, an der empfindlichen Haut harkte.

Jetzt waren Erschöpfung und Überdruß vergessen, ich war überwältigt von der hilflosen Qual und Ekstase des Jungen unter mir. Meine Bewegungen wurden unkontrolliert, schüttelten meinen Oberkörper, und unirdische Schreie brachen aus mir heraus, als ich die Hand über sein verzerrtes Gesicht gleiten ließ. Einen Augenblick spürte ich, wie ich sein ganzes Wesen in meine Möse hineinsaugte, dann pumpte er seinen Lebenssaft in mich und ich fiel vornüber mit dem Gesicht auf seine Brust.

April

Die Sonne schien durch die Äste und Blätter und durch die offene Tür auf meinen nackten Fußrücken. Ich krümmte meine Zehen in den alten schwarzen Balletschuhen und bewegte mich (dachte ich) unmerklich.

»Nicht bewegen«, sagte Tomi. Sie runzelte die Stirn, kramte in einer kleinen Holzschachtel, die neben ihr stand, und brachte einen Conté-Stift zum Vorschein.

»Na gut«, sagte ich, »aber nur noch ein paar Minuten. Ich werde steif.«

Wir waren in einer großen schönen Scheune, die zu einem Atelier umgebaut worden war, am Rande eines Waldes nur wenige Meilen außerhalb von Darien, Connecticut. Wenn ich meinen Kopf hob, konnte ich die nackten Balken der Decke und die Dachfenster aus Milchglas sehen, die das Nordlicht einließen. Die Wände waren mit Rigipsplatten verkleidet, die auf das alte Holz genagelt und strahlend weiß gestrichen waren. Hinter mir war ein riesiges Panoramafenster in die alten Holzbalken geschnitten worden, dessen Sackleinenvorhang jetzt zugezogen war, um das Sonnenlicht zu mildern, zugleich auch Hintergrund für die entstehende Zeichnung. Der Boden bestand aus altmodischen breiten Kiefernbohlen, frisch verlegt und hübsch anzusehen. Ich rubbelte anerkennend mit dem Zeh über eines der Bretter und neigte meinen Kopf ein klein wenig, um die Maserung zu betrachten.

»OK, di Prima, OK, nur noch einen Augenblick«, sagte Tomi mit einem Lachen, das halb belustigt, halb ärgerlich klang.

Ich nahm mich zusammen, hielt still, und vertiefte mich in die Betrachtung des Mädchens vor mir.

Sie war klein, sogar kleiner als ich, mit kurzen, dunklen Haaren, und hatte ein für ihre achtzehn Jahre vom Leben gezeichnetes, ja sogar verlebtes Gesicht. Beim Zeichnen sahen ihre Hände sehr schön aus: klein, kräftig und nervös brachten sie schnell Strich um Strich auf das rauhe Papier. Das kurze Haar war lockig; eine Locke fiel ihr beim Zeichnen ins Gesicht, und ich konnte beobachten, wie ihr großer Mund, der ständig in Bewegung war, diesen Ausdruck von Selbstkritik und Selbstvergessenheit annahm, den ich so gut kannte.

Sie war von einer Aura umgeben, die alles ausstrahlte, was wir jemals zusammen getan und erlebt hatten: Die langen, schläfrigen Winternachmittage im College, an denen wir in meinem kleinen Zimmer im Studentenwohnheim lagen und das *Requiem* von Brahms hörten, während der beißende Geruch von verbrannten Blättern durch das Fenster hereinzog; wir trödelten entweder herum oder machten ein Nickerchen, bis eine von uns lustvoll und gierig über die andere herfiel und eine willige Hand »heim« zu ihrer Möse lenkte.

Oder jene nicht weniger häufigen Nachmittage, an denen sich fünf oder sechs Mädchen trafen. Eine wurde ausgewählt, rituell entkleidet und aufs Bett gelegt; die anderen postierten sich rund um ihren Körper und versuchten, sie heiß zu machen. Es waren lange Schultage, die wir mit Lernen verbrachten, aber was wir studierten, stand nicht auf dem Lehrplan: Tomi, zum Beispiel, spielte mit Kates Füßen und Gelenken, während ich an ihren kleinen Brüsten knabberte und Lee, auf die wir beide scharf waren, leckte ihren Bauch und schließlich ihre Möse. Diese Zeit hatte ein Aroma, einen eigenen Duft, eine so starke Verbundenheit zwischen uns geschaffen, daß es noch immer zu knistern anfing, wenn wir beide einen Raum betraten.

Ich spürte, wie Lust durch meine Glieder und in meine Lenden fuhr, den beißenden Hunger und die Feuchtigkeit in meiner Möse, als ich an all das dachte. Tomi schien meine Gefühle zu erraten, denn sie legte den Stift zur Seite und kam zu mir. Unsere Münder trafen sich, ich fuhr mit den Fingern durch ihr kurzes schwarzes Haar und tat so, als wollte ich sie auf die breiten Bodenbretter des Studios ziehen, doch sie schüttelte den Kopf und wehrte sich.

»Martha wird uns sehen.« Martha war ihre Mutter.

»Martha kann mich mal«, sagte ich, nicht zum ersten Mal. »Laß uns die Tür schließen.«

»Dann merkt sie's ganz bestimmt.«

Tomi wollte sich mir entwinden, aber ich hielt sie bei der Taille und zog sie an mich, schob dabei die Hand unter ihr weißes Herrenhemd und streichelte ihren schmalen aufgeregten Rücken. Mein Gesicht war in ihren Hals vergraben, und während ich mit einer Hand ihre Hüfte umschlungen hielt, fummelte ich mit der anderen am Verschluß ihrer grauen Flannelhose.

»Di Prima, gottverdammich, nicht!«

Ihre Stimme klang ängstlich und ich ließ sie los, leicht betäubt von ihrem Duft – Chanells *Russisch Leder*, ihr Standardparfüm, das mich für den Rest meines Lebens verfolgen sollte. Tomi stand keinen halben Meter von mir entfernt, stopfte sich das Hemd zurück in die Hose und strich unschlüssig ihre breite Krawatte glatt, ohne mich mit ihren großen grünen Augen anzusehen. Schließlich drehte sie mir den Rücken zu, zog blitzschnell einen Kamm hervor und brachte ihre jungenhaften Locken in Ordnung. Dann ordnete sie langsam und penibel die Zeichenstifte in der Schachtel, schloß sie, nahm eine Dose Fixativ, sprühte ihre Zeichnung und stellte sie auf die Staffelei zum Trocknen, während ich herumstand und ihr halb belustigt, halb ärgerlich zusah.

Als sie sich schließlich zu mir umdrehte, hatte das Glühen ihrer Wangen nachgelassen, was sie sehr bleich und sehr ernst aussehen ließ. Sie streckte ihre Hand mit einem Lächeln aus, das mich bat, nicht böse zu sein: »Komm, Di Prima, wir machen einen Spaziergang im Wald.«

Der Wald begann nur ein paar Schritte hinter der Scheune, und hier im Schatten wurde es feucht, die feuchte Kühle des noch jungen Frühlings. Der Boden war weich, das Moos auf den Baumstämmen glitzerte wie Juwelen. Ich achtete sehr darauf, wohin ich mit meinen alten Balletschuhen trat, und versuchte, scharfkantigen Felsen oder matschigen Stellen auszuweichen. Ich trug Jeans, ein schwarzes Trikothemd und einen königsblauen Schal als Gürtel, meine Haare waren offen, verfingen sich ständig in den Zweigen, und die nackten Füße in den Slippern wurden kalt.

Wir durchwateten einen Bach. Das heißt, Tomi durchwatete ihn problemlos in ihren Halbschuhen. Ich, ganz Stadtkind, versuchte es nicht einmal: Ich zog meine feuchten Slipper aus und stieg mitten ins eisige, schnellfließende Wasser. Der Bach war nicht sehr tief und nicht sehr breit, aber als ich herauskam, waren meine Füße und Knöchel weiß wie Pergament, zwei meiner Zehen taub und der Saum meiner Jeans tropfnaß. Das gegenüberliegende Ufer stieg leicht an, wir schlidderten und rutschten den Hang hoch und bewarfen uns lachend mit Blättern und Rindenstücken.

Schließlich wurde der Boden trockener und ebener, und wir kamen zu einer sonnigen Lichtung, auf der sich große Felsbrocken sonnten. Ich kletterte auf einen der Findlinge und legte mich rücklings in die Sonne, einen Arm schützend über die Augen gelegt, die nassen schmutzigen Schuhe neben mir zum Trocknen. Ich fühlte, wie mein Körper die Wärme des Steins aufsog, hörte das wilde Rauschen des von der Schneeschmelze überfüllten Baches und leises Geraschel und gelegentliche Vogelrufe, die in meine selbstgewählte Dunkelheit drangen.

Tomi kam und legte sich quer, den Kopf auf meinem Bauch. Jeder Muskel meines Körpers bebte und verspannte sich, aber ich bewegte mich nicht. Ich fühlte, wie mein Fleisch dort abwechselnd warm und kalt wurde, wo ihr Atem durch das Nylontrikot hindurch meine Haut streifte.

So lagen wir lange schweigend da, bis sie den Kopf zu meinen Füßen drehte; ihre Lippen strichen leicht über meinen Bauch. Dann streckte sie ihren schmalen, wenig muskulösen Arm aus und streichelte mit der Fingerspitze meinen Knöchel.

»Du bist immer noch naß vom Bach«, murmelte sie. Sie schob die Jeans an den Beinen hoch, rutschte nach unten und fing an, die Wassertropfen von meinen Knöcheln zu lecken. Schließlich bewegte ich mich, nahm den Arm von den Augen, hob den Kopf und betrachtete das kleine dunkle Geschöpf, das so viel Traurigkeit und Verlangen in mir wecken konnte.

»Immer noch naß, und schmutzig«, antwortete ich.

Auf Knien richtete sie sich auf, hockte sich auf die Fersen und sah mich mit einem gequält-hungrigen und zugleich verspielt-geilen Blick an.

»Ich bring das sofort in Ordnung«, murmelte sie und begann so schnell und beiläufig wie möglich, ihre Bluse aufzuknöpfen.

Sie zog sie aus, faltete sie zusammen und legte sie neben sich auf den Felsen, derweil ich die vertraut cremige Textur ihrer Haut betrachtete: den zarten gelbweißen Elfenbeinton, der sich so deutlich gegen das grelle Weiß ihres Büstenhalters abhob. Mit einer raschen Bewegung der Hände hinter den Rücken hatte sie ihn abgenommen, und ich studierte die sienabraunen Nippel und die Schwere der jungen Brüste, die trotz ihrer gerade mal achtzehn Jahre schon leicht hingen.

Sie hockte immer noch neben mir auf den Knien, stand jetzt aber mit einer einzigen fließenden Bewegung auf und begann, die Hose auszuziehen. Sie streifte sie zusammen mit der Unterhose ab, so leicht und unbefangen, als wäre sie allein in ihrem Schlafzimmer. Sie trennte Hose und Schlüpfer, legte die Hose ordentlich gefaltet hin, das Höschen obenauf. Sie zog die Schuhe aus und beugte sich, mit dem Rücken zu mir, hinunter zu den dicken Wollsocken, so daß ich einen kurzen Augenblick nur die dunkle Pofalte und den roten Schlitz dahinter sah, in dem sich bereits eine kleine Perle cremiger Feuchtigkeit gesammelt hatte.

Dann richtete sie sich auf und streckte die zu Fäusten geballten Hände in die Luft, warf den Kopf in den Nacken, das Gesicht zur Sonne. Sie stand auf Zehenspitzen und reckte den ganzen Körper in fast rituellen Bewegungen der Sonne zu. Die konkave Form ihrer Taille paßte zur Rundung des Brustkorbs, ihr Bauch hob und senkte sich in narzißtischem Vergnügen.

Ich betrachtete den schmalen Körper – die breiten Hüften und die schweren Brüste, so üppig im Gegensatz zu ihrer Schlankheit, dieser warme Ton des Fleisches – und grübelte über das Zusammenspiel von Elementen, Farben und Linien, und warum sie mich seit zwei Jahren, die ich sie jetzt schon kannte, so fesselte.

Sie sah auf mich hinab, wie ich auf dem Felsen in einem Meer von roten Haaren lag, nicht länger ärgerlich, aber immer noch abwartend und reserviert.

»Immer noch naß und dreckig«, spottete sie gedehnt, kniete sich wieder neben meine Füße und begann sanft, fast neckisch, mit ihrem weißen Baumwollhöschen meine Fesseln abzutrocknen. Sie trocknete sie langsam, abwechselnd rechts und links, erst die Fesseln, dann den Spann, schließlich die Wölbung; dann wischte sie den Schlamm von den Sohlen meiner Füße und säuberte und trocknete einen Zeh nach dem anderen, und endlich beugte sie sich darüber und nahm sie in den Mund.

Bewegungslos ließ ich mich von ihr verwöhnen, spürte, wie sie die weiche Haut meiner Füße berührte, während das Verlangen mich stoßweise überrollte. Schließlich konnte ich mich nicht mehr beherrschen, setzte mich auf und zog sie an mich, sog tief ihre Witterung ein: Parfüm und Haar, Schweiß und Lust, die sich zu einem Duft mischten, der Tomi war, während ich ihren weichen und bereitwilligen Mund wieder und wieder küßte.

Ihre kleinen Hände schlüpften hinter meinen Rücken und

unter die Haare, öffneten den Reißverschluß des Trikots und hakten meinen BH auf, streiften mir beides mit einer einzigen Bewegung über die Schultern. Ihr Mund blieb auf meinem, sie zog mich auf die Füße, öffnete meine Jeans und ließ sie mit meiner eifrigen Hilfe unordentlich auf meine Füße fallen. Ich stieg heraus, ohne unseren Kuß zu unterbrechen.

So standen wir auf unserem Felsen in der Sonne, und ich fröstelte im kühlen feuchten Frühlingswind, der vom Wald herüberwehte. Mein Kopf war auf ihren geneigt, unsere Körper berührten sich kaum; mit einer Hand streichelte ich sanft ihre Brust, während die andere den Weg zwischen die Schenkel fand, die sie leicht spreizte. Ich rieb zart über die Klitoris, fühlte, wie sie unter der Berührung härter und größer wurde, und meine Finger glitten in die warme, feuchte Möse, die ich so gut kannte.

Sie verlagerte ihr Gewicht auf meine Hand, als wolle sie mich tiefer in sich hineinziehen, und ich spielte mit den Wänden ihrer Öffnung, erforschte sie ausdauernd und eifrig, während die andere Hand von der Brust zur Schulter glitt, sie halb stützte und halb umarmte. Tomi hatte beide Arme um mich gelegt, umklammerte meine Schultern und hielt sich so aufrecht. Dann erreichte meine drängende, zitternde Hand ihre tiefste Tiefe, und sie biß mit einem Stöhnen in meine Unterlippe, während ihre Hüften wild zuckten.

Mit einem spitzen Schrei entlud sie sich auf meine Hand und kolabierte auf mir. Ich schwankte, behielt aber mein Gleichgewicht, als sie gegen mich fiel, das erhitzte Gesicht an meiner Brust vergraben, Brüste und Bauch eng an mich gedrückt. Wie so häufig, wenn sie einen Orgasmus gehabt hatte, schluchzte sie leise vor sich hin.

Ich zog sanft die Hand zurück, und als das Weinen abklang, kniete sie sich vor mich und suchte mit dem Mund meine Möse.

Ich ging leicht in die Knie, um ihr den Zugang in mein pochendes, schmerzendes Zentrum zu erleichtern. Ihre Zunge flatterte unaufhörlich, unerträglich über meine Klitoris, mit den Armen hielt sie meine Schenkel umschlungen, mit den Händen knetete sie konvulsivisch meinen Hintern. Meine Erregung hatte die Lust schon fast überschritten, die Sonne wirbelte über den Himmel, ich konnte nicht länger stehen, beugte mich weit vornüber, packte ihr kurzes schwarzes Haar mit beiden Händen und flüsterte ihren Namen.

Schließlich war ihre Zunge in meiner Möse, schnellte hinein und hinaus mit sicheren Stößen. Ich fühlte ihre Zähne auf meinem Schambein als sie sich immer noch weiter vorarbeitete. Die Wände meiner Vagina zitterten und respondierten wie ein wunderbar gestimmtes Instrument. Schließlich wurde alles schwarz, das vertraute Feuer loderte vom Bauch in die Lenden und mit einem endlosen, qualvollem Schauer kam ich in ihren Mund.

Ich weiß nicht mehr wie, aber irgendwann lag ich neben ihr. Der Kopf immer noch auf meinem Schritt, und auf meiner Hüfte ein kleiner roter Fleck, wo mein Knochen auf den Felsen geschlagen war. Es war kühl geworden, und noch während ich sie über Kopf und Schultern streichelte, überlegte ich, wie ich an meine Kleider kommen könnte, ohne das Mädchen zu stören.

Sie regte sich zuerst, suchte in den Taschen ihrer Hosen nach einer Zigarette und zündete sie mit nervösen, nikotinfleckigen Fingern an. Die Sonne stand tief, und nun, da der

Zauber gebrochen war, war Wärme das erste Gebot. Ich setzte mich auf und tastete mich zurück in meine Klamotten, fluchte leise, als ich mit den Füßen in die nassen, kalten Schuhe schlüpfte. Tomi erwähnte kurz und hoffnungsvoll den nahegelegenen Badeteich, aber ich unterbrach sie und sagte, es sei zu kalt, und das war es auch.

Wir trotteten zurück, zerzaust und friedlich, und als wir an der Scheune ankamen, war es dämmrig, und die ersten Sterne standen am Himmel.

Schweigend und nur unterbrochen von einem kurzen Kuß, verschlossen wir das Studio. Tomi nahm die Zeichnung vom Nachmittag mit, um sie Martha zu zeigen, und wir gingen über das Feld zu dem kleinen Bauernhaus, dessen Fenster helle Lichtflecken in den Abend warfen. Die Vorhänge waren offen, und schon von weitem konnten wir sehen, daß Serge, Tomis Vater, damit beschäftigt war, die Drinks vorzubereiten, daß Martha etwas Schwarzes vor dem Kamin bügelte und daß ihr Bruder William wieder an seiner Hi-Fi-Anlage herumbastelte.

Wir gingen hinein, murmelten ein paar Entschuldigungen und verzogen uns rasch in Tomis Zimmer, um uns zu waschen und umzuziehen – uns für den Abend präsentabel zu machen –, natürlich begleitet von Berührungen und Streicheleien, Gekicher und Geflüster.

April
(Fortsetzung)

Ich hatte Tomi vor ungefähr eineinhalb Jahren kennengelernt, als ich frisch aufs College kam. Nach den lebensfrohen und eher surrealen Freiheiten der High School in Manhattan war das College, im großen und ganzen, eine ziemliche Enttäuschung: ein Ort für männliche und weibliche Abziehbilder in Kaschmirpullovern, und wüsten, abstoßenden Bierparties. Ein Ort für unglückliche Dozenten, die Jungfrauen aus Little Rock lüsterne Blicke zuwarfen. Ein Ort der endlosen Bridgepartien, blöden Feste, der Langeweile, die sich wie eine Seuche über den eigentlich hübschen Campus ausbreitete und in jeden Winkel und jede Ritze der marmorverkleideten Gebäude sickerte. Der perfekte Ort für einen Mord – statt dessen gab es durchschnittlich drei Selbstmorde pro Semester.

Trotzdem und dank einiger bemerkenswerter Persönlichkeiten – alles Frauen, wie der Zufall es wollte – hatten ein paar aufregende Erfahrungen uns davon abgehalten, in den Abgrund von Langeweile und Verzweiflung zu stürzen, der sich in jenen Tagen ständig vor einem auftat.

Da war Mara, groß und deutsch, mit grünen Augen und toller Figur, braunem Wuschelhaar und unaufdringlicher Kultiviertheit. Ihr Onkel Max war ein berühmter Essayist und Held der Linken.

Da war Matilda, deren rot-goldenes Haar die imposante Gestalt wie ein wolkiger Strahlenkranz umgab und deren üppiger Körper ihre Unschuld Lügen strafte.

Da war Kate, deren schrille, geschwätzige Stimme und kantige Formen von der Unstillbarkeit ihrer Begierde und der Bereitschaft, Lust zu schenken, mehr als aufgewogen wurden. Kate kam aus dem wildesten Wilden Westen, irgendwo außerhalb von Seattle, von einem anderen Planeten; dessen Existenz war uns zwar vage bekannt, von seiner Sprache, Sitte und Kultur hatten wir aber keinen blassen Schimmer.

Da war Lee, ein sehr schönes, fast taubes Mädchen, mit einem bösartigen holländischen Vater und einer traurigen, sanften indonesischen Mutter; sie war aus einem vorsintflutlichen Wirtshaus im östlichen Massachusetts direkt aufs College gekommen. Lee, die von einem Hilfsarbeiter des Vaters auf dem Feld vergewaltigt und manchmal vom Vater in der Scheune ausgepeitscht worden war, haßte jede Art von körperlicher Berührung.

Und dann war da Tomi. Tomi, die die ganze Szene aufmischte und ihr Leben einhauchte, sich in alle von uns verliebte, in eine nach der anderen.

In dieser lebenshungrigen, ›geschlossenen Gesellschaft‹ hatte ich zu jeder irgendeine Beziehung – etwas, das unser Leben miteinander verband, gemeinsame Werte –, aber mit Tomi gab es überhaupt keine Gemeinsamkeiten, und so verliebte ich mich natürlich in sie. Wie jede von uns, glaube ich, und jede aus den gleichen Gründen.

Tomis Kopf war voll von Cembali und Tuschzeichnungen, von Tweedklamotten und Lust. Ihre Briefe waren erstaunlich, eklektische Kompositionen, die stilistisch Dylan Thomas und

J. D. Salinger viel verdankten und sich inhaltlich an Jean Cocteau und Jean Paul Sartre orientierten. Ich hatte mich gerade von Puccini und Tschaikowsky zu Bach vorgearbeitet; sie spielte mir Schütz und Palestrina vor und fand Bach »zu verschnörkelt«. Ihre Kleidung war ein sehnsüchtiger Abklatsch von Bergdorf Goodman und Abercrombie & Fitch. Wenn sie von einer Wohnung in New York sprach, meinte sie natürlich das West Village, in strahlendem Weiß, mit Oberlicht, schwedischer Glaskeramik und schwarzen Riemensesseln, die sie »Safari-Sessel« nannte.

Ihre Eltern hatte nicht mehr Geld als meine, lebten aber weit über ihre Verhältnisse im teuren Darien und kauften in teuren Feinkostläden ein, wo alles dreimal so viel kostete wie im Supermarkt um die Ecke in Brooklyn; aber da konnte man Tallulah Bankhead in Weinbrand eingelegte Pfirsiche einkaufen sehen. Tomis Mutter Martha war eine gutaussehende kleine Frau von Mitte Vierzig, angelsächsisch und förmlich, grimmig und lakonisch, eine Frau, die tat, was man von ihr erwartete, aber keine Freude daran hatte. Es war in der Familie allgemein bekannt – und wurde immer wieder diskutiert –, daß sie frigide war. Tomis Vater war ein ausgeprägt südländischer Typ, halb französisch, halb italienisch, der je nach Gefühlslage trank, zuviel Geld ausgab und seine Frau offenherzig und verzweifelt liebte. Ihre Hunde waren verwahrlost, aber reinrassig; ihre Helden hießen F. Scott Fitzgerald und Harry Crosby. Ihr Haus war viel zu klein, die Scheune zu groß; sie lasen den *New Yorker* und die *Sunday Times*, lebten von Erdnußbutterbroten und Rührei und tranken endlose Martinis vor dem Kamin in ihrem dunklen, vollgestopften Wohnzimmer.

Über all das konnte ich nur staunen. Ich kam aus Brooklyn,

aus einer Straße, die man gerade noch nicht Slum nennen konnte, wo ich Schlagball gespielt hatte und den irischen Ministranten aus dem Weg gegangen war. Meine Eltern waren Amerikaner der ersten Generation, meine Großeltern Italiener, und in unserem Garten wuchsen Weintrauben und Tomaten. Ich hatte siebzehn Tanten und ebensoviele Onkel, und zweiundzwanzig Cousins und Cousinen ersten Grades, die ich, wie man mir beigebracht hatte, Brüder und Schwestern nannte. Meine Großeltern konnten weder lesen noch schreiben; meine Eltern hatten sich, mit wütender Zielstrebigkeit, durchs College gebracht und waren jetzt »berufstätig«. Sie hatten niemals Schulden und kauften nie »auf Pump«. Sie waren laut und einfach: Die Schränke waren immer voll, und die Hausbar (wenn es denn eine gab) leer, abgesehen vom selbstgemachten Wein. Es galt als Unglück, wenn jemand harte Sachen trank.

Unsere Feste und Feiern hatten etwas Herzlich-bäuerliches, und seit meinem zwölften Lebensjahr war ich bei diesen Gelegenheiten bemüht, den amourösen Avancen eines beleibten Onkels zu entgehen, der mir angeblich Tango beibringen wollte; auch mußte ich regelmäßige Inspektionen von meiner Großmutter und von den älteren Schwestern meiner Mutter über mich ergehen lassen. Sie befühlten meine wachsenden Brüste, zerrten sie hervor oder umspannten meinen Hintern mit den Händen, wobei auf italienisch Kommentare über meine Vor- und Nachteile hin- und herflogen, als wäre ich ein Zuchttier. All das geschah mit größter Freundlichkeit und Liebenswürdigkeit. Keiner meiner vierunddreißig Onkel oder Tanten hatte sich je über sein Sex- oder Eheleben beklagt – das wäre ein unvorstellbarer Bruch der Etikette gewesen –, außer der unglücklichen Tante Zelda, die schlicht von ihrem Mann verlassen worden war und deshalb nicht länger behaupten konnte, glücklich zu sein, ob sie es nun war oder nicht.

Und so hörte ich, als ich Tomi das erste Mal zu Hause besuchte, mit großem Erstaunen einen betrunkenen Serge den gesamten Jammer seines Heims und seiner Ehe herunterbeten. Mein Erstaunen wuchs aber noch, als ich am nächsten Morgen die Augen auf dem Feldbett im Wohnzimmer aufschlug und von Serge einen strammen Martini gereicht bekam, komplett mit Olive. Alle schwirrten im Schlafanzug herum, alle waren am Trinken. Ich trank den Martini, dann einen zweiten. Ich war mehr als nur ein bißchen angeheitert und *sehr* hungrig, als Serge mir den dritten reichte.

»Meine Güte«, rutschte mir raus, »das ist ja wie Hausarbeit, so einen nach dem anderen zu kippen!« Mit diesem unverblümten Kommentar hatte ich die Herzen aller Anwesenden erobert. Ich gehörte »dazu«.

Trotzdem sagte niemand etwas von Frühstück. Einer nach dem anderen verschwand, um zu zeichnen, zu fischen, zu nähen. Serge begann richtig zu trinken; niemand aß etwas. Und so verging der Tag.

Wie so viele Tage seitdem. Inzwischen hatte ich mich an die Gebräuche des Haushalts gewöhnt und genoß meine Besuche so hemmungslos, wie man Besuche bei einer hochfeinen Familie von der Venus genießen würde. Hinzu kam, daß ich in eine der schon erwähnten Venusbewohnerinnen verliebt war, schon immer und (wie ich dachte) auch für immer.

So sehr verliebt, daß ich, als ich vor einigen Monaten mit ihr und O'Reilly in Arthurs Tavern im West Village saß, eingewilligt hatte, das College zu schmeißen und mit ihnen zusammen eine Wohnung zu suchen, obwohl ich wußte, daß die beiden zu dieser Zeit ineinander verliebt waren. So sehr verliebt, daß ich Tomis Forderung nachgekommen war und mit Ivan gebrochen hatte, ohne ein Wort der Erklärung. Nun, hier war ich also, und jetzt hatte ich eine Wohnung gefunden, morgen würde ich es Tomi sagen, und ein neuer Ort, unser Ort, würde entstehen: Bambus und Jute, weiße Wände, schwarze Möbel. Zeichentische für Tomis künstlerische Auftragsarbeiten, die uns – theoretisch jedenfalls – ernähren sollten. Russel Wright Geschirr. Pepperidge Farm Vollkornbrot und Lammkoteletts.

Ja, jetzt war ich total und wirklich hier, überlegte ich mit aller Ernsthaftigkeit, die ich nach vier Drinks noch aufbringen konnte. Ich setzte mich mit der ganzen Familie an den Tisch zum Abendessen, hörte den Plattenspieler mal schneller, mal langsamer laufen und merkte, wie der Fußboden in vertrauter Manier schwankte.

Martha reichte den angebrannten Schmorbraten herum, eine ihrer kulinarischen Spezialitäten, und jeder nahm sich eine dünne Scheibe. William, Tomis vierzehn Jahre alter Bruder (»Sweet William« wurde er genannt) reichte den Instantkartoffelbrei weiter. Serge schenkte allen Bourbon auf Eis ein, und »Tante Helen«, Serges Schwester, steckte sich eine Nadel mit Bergkristallimitat in den Haarknoten.

Ich mußte irgend etwas tun, um nicht vor Begeisterung zu platzen. Unter dem Tisch trat ich auf Tomis Fuß und bekam einen »Ich-liebe-dich«-Tritt ans Schienbein, während sie an ihrem Salat fast erstickte.

»Was machen wir morgen?« fragte Sweet William durch einen dicken Kartoffelbreiklops.

»Ich dachte, wir könnten mit dem Boot rausfahren«, sagte Serge, »und ein Picknick auf der Insel veranstalten.«

Martha stöhnte auf und drehte die Augen zur Decke, sagte aber nichts.

Tante Helen gluckste vor Vergnügen: »Wunderbar! Ich habe den Wetterbericht gehört, für die Long Island Bucht gibt es Sturmwarnung. Das wird ein *großartiger* Ausflug!« Ihre Zahnbrücke blitzte im Lampenlicht, und der Haarknoten hüpfte vor Begeisterung.

Nach dem Essen bot Helen, die eine magische Ader hatte, an, Tarotkarten für mich zu legen. Martha war wieder beim Stricken, Serge hatte den Bourbon geleert und war zu Cognac übergegangen. Ich mischte die Karten und Tomi, William und ich schauten zu, wie Helen sie nach einem bestimmten Muster auslegte.

»Martha«, sagte Tomi, der dieser Okkultismus schwer auf die Nerven ging und um den Bann zu brechen, »können wir es uns leisten, noch ein Kleines Schwarzes für mich bei Bonwit's zu kaufen?«

Da war er wieder, dieser *New Yorker*-Tonfall. Ich warf einen kurzen Blick auf Toni und sah, daß sie todernst war.

»Wir können«, sagte Martha schroffer als gewöhnlich und mit dem Blick auf die sich leerende Cognacflasche, »uns einen kleinen schwarzen Lendenschurz für dich leisten. Sonst nichts.«

Charles Addams, dachte ich, alles hier erinnert mich an Charles Addams. Ich wandte mich wieder Helen zu. Sie starrte entsetzt auf die Karten. Sogar ihre Brillengläser zitterten.

»Frag mich nicht, was das bedeutet, Darling!« schrie sie. Sie legte mir mitleidig die Hand auf den Arm und starrte mich an. »Ich kann dir einfach nicht sagen, was ich hier sehe.«

»Schon in Ordnung«, sagte ich, denn ich hatte sowieso nur eine hohle Nuß erwartet.

Serge lag auf dem Teppich zu Marthas Füßen und neben dem Hund.

»Martha, Martha, liebenswerte Martha. Liebenswerte Martha, Martha, Martha, Martha«, intonierte er immer wieder. Martha schürzte nur die Lippen und strickte weiter.

Schwankend stand er auf und beugte sich über sie, als ob er sie küssen wollte; bestimmt stank er nach Alkohol. Sie wich ihm mit der Leichtigkeit langer Übung aus und erhob sich, um das Feuer zu schüren. Plötzlich richtete er sich kerzengerade auf, seine Augen begannen zu funkeln, er griff das Gewehr neben der Tür und stürzte aus dem Haus.

Totenstille breitete sich aus. Martha setze sich wieder hin und strickte weiter. Helen fuhr fort, die Tarotkarten einzusammeln und auf einen Stoß zu legen. Tomi saß still und sehr weiß da und schaute ihr zu.

Ein scharfer Knall, dann noch einer. Das Gewehr war abgefeuert worden. Der Hund stand auf und trottete zur Tür, ein dumpfes Grollen in der Kehle. Martha legte das Strickzeug beiseite.

Tomi stürzte sich auf sie und schrie: »Geh nicht raus!«

Martha blickte sie erschrocken an. Sie war überhaupt nicht darauf gekommen, hinauszugehen.

Statt dessen ging Helen, und einen Augenblick später schlingerte Serge zurück ins Zimmer und stieß dabei die Hand durch die Glasscheibe der Tür. Ansonsten war er unverletzt. Er hatte zwei Mal »daneben« geschossen – wahrscheinlich nur in die Luft.

Dann endlich bewegte sich Martha. Sie stand auf. Sie ging

mit schnellen Schritten und düsterem Blick in die Küche, kam zurück mit einem Schwamm und begann, Serge zu folgen, der herumlief und zeterte, wischte das Blut auf, das von seiner verletzten Hand tropfte. Sie sah weder Serge noch einen von uns an, sah nur auf den Boden und ging hinter ihm her, wischte, wischte, wischte von Zimmer zu Zimmer.

»Irgendwas sollte mit diesem Schnitt passieren«, sagte Helen und schaute mich an, die vermutlich einzige andere normale Person in diesem Haus. (Sweet William hatte sich bereits verdrückt. Wahrscheinlich hatte er unter dem Bett Zuflucht gesucht – sein bevorzugter Platz, wenn es unangenehm wurde. Und Tomi saß immer noch am Tisch mit den Karten, unbeweglich und weiß wie ein Laken.)

»Es blutet ziemlich stark«, antwortete ich so banal wie möglich. Ich kämpfte gegen einen Lachanfall.

»Glaubst du, du könntest …?«

Ich schüttelte ernst den Kopf und versuchte, besonders verantwortungsbewußt auszusehen.

»Er würde nicht stillhalten. Warten wir, bis er sich beruhigt hat.«

Serge schwadronierte wild über seine schwere Verletzung und wie gerne er sein Leben für die »liebenswerte Martha« geben würde. Er brüllte und fuchtelte und spritzte die Wände voller Blut.

Schließlich torkelte er in die Küche, stolperte über das Bügelbrett und fiel neben den Geschirrspüler. Ich nutzte die Gelegenheit, spurtete mit einem einzigen schnellen Sprung auf seine Brust und setzte mich auf ihn.

»Ja, Serge«, sagte ich, griff die verletzte Hand und hielt sie hoch, damit Helen sie verbinden konnte, »du bist wirklich sehr tapfer. Mehr kann man von keinem verlangen. Aber jetzt mußt du dich ausruhen. Der liebenswerten Martha kommen die Tränen bei deinem jämmerlichen Anblick.«

Martha verzog das Gesicht und betrachtete den schmutzigen Schwamm.

»Du mußt dich ausruhen, Serge«, fuhr ich fort, während Helen geschickt mit dem Pflaster arbeitete, »denn morgen ...« – aber da schnarchte er schon auf dem Fußboden.

Martha betrachtete ihn kurz und kühl, dann stieg sie über ihn und spülte den Schwamm im Küchenbecken aus.

Behutsam löste ich mich von ihm und war ein wenig enttäuscht, daß mein Auftritt so abrupt zu Ende war. Ich fühlte mich müde.

Nachdenklich schenkte Helen vier Cognac ein. »Nun«, sagte sie, »nun, nun, nun. Ich bin so froh, daß er sich nichts angetan hat.«

Tomi war nicht mehr im Wohnzimmer. Ich nahm meinen Cognac in die eine Hand und ihren in die andere und ging, um sie zu suchen.

Sie war auch nicht in ihrem Zimmer, doch auf dem Weg zurück hörte ich leise, aber unmißverständliche Geräusche aus Williams Zimmer. Ich legte mein Ohr an die Tür.

»Jetzt langsam, ohhhh, langsam, Sweet William, ja, genau so ... Oh, Gott.«

Tomi hatte sich zweifellos auf die Suche nach ihrem aufgeregten Bruder begeben und war jetzt dabei, sein inneres Gleichgewicht wieder herzustellen. Wie hatte sie es geschafft, ihn unter dem Bett hervorzulocken, oder waren sie in diesem Augenblick zwischen Fußboden und Sprungrahmen eingeklemmt?

Ich überwand den kurzen Skrupel und schaute durch das Schlüsselloch.

Tomi lag flach auf dem Rücken, die Füße fest in den Teppich gestemmt, den Hintern leicht gehoben, die Knie weit geöffnet, als wolle sie die Öffnung zwischen ihren Beinen noch mehr unter Spannung setzen. William hatte sich etwas aufgestützt und arbeitete ernsthaft, die Stirn vor lauter Konzentration gerunzelt. Er glich einer übergroßen, verstörten Putte. Während ich zusah, wurden seine Bewegungen kurz und ruckartig, seine ewig schläfrigen Augen öffneten sich weit, wie unter Schock, und er kam mit einer Serie von harten, krampfhaften Stößen.

Tomi schmolz buchtsäblich in den Teppich hinein, stöhnte in diesem tiefen Ton, den ich so gut kannte, und versuchte ihn ängstlich und erfolglos zu unterdrücken, wobei sich ihre Hände in den tristen olivbraunen Teppichboden krallten. Dann verdrehte sie die Augen, ihr Rücken hob sich, ein Stöhnen; sie erschauderte und lag still.

Ich trank erst ihren Cognac und dann meinen. Unten im Wohnzimmer hörte ich Martha und Helen schwatzen. Dann hörte ich Tomis Stimme sagen: »Du blöder kleiner Idiot!« und beugte mich wieder hinab, um das elisabethanische Drama weiterzuverfolgen, das sich hier im noblen Darien abspielte.

Sweet William hatte seine Schwester bei den Knöcheln gepackt und zog sie unter meinen Blicken bäuchlings über den Teppich zu sich, spreizte ihre Beine nach rechts und links über seine und zwängte seinen kleinen dicken Schwanz in ihr Arschloch. Er preßte ihre Schultern auf den Boden und sie bohrte ihr Gesicht in den Teppich, um nicht vor Schmerz zu schreien.

Die Muskelstränge seiner dünnen Arme traten hervor, als er sie niederdrückte, er pumpte wüst und lautlos mit grimmiger Entschlossenheit, während sie sich vor Schmerzen wand. Glücklicherweise kam sein Orgasmus schnell und heftig. Er blieb kurz auf ihr liegen, dann erhob er sich und ließ sie auf dem Teppich zurück.

Das Bett knarrte, als er sich darauf setzte, und ich hörte ihn sagen: »Ich *bin* ein Idiot. Das ist es ja gerade. Drei Jahre lang haben wir's auf deine Art gemacht.« (Drei Jahre! Ich überlegte. William war im letzten Monat gerade Fünfzehn geworden.) »Ich habe dich noch nie in den Arsch gefickt, aber genau das mag ich, und wenn du noch mal hierher kommst, machen wir es so und nicht anders. Aber eins muß ich dir sagen« – er grinste spöttisch –, »Onkel Horace kann es eine Ecke besser.«

Tomi antwortete nicht. Sie lag einfach da, ganz weiß und ganz still, auf dem olivbraunen Teppich.

Mein Blick war verschwommen, und alles, was ich wollte, war schlafen; vielleicht war ich auch betrunken, fiel mir noch ein. Ich ging zurück ins Wohnzimmer und ließ mich von Martha ins Bett bringen, die mir das Zimmer neben ihrem vorbereitet hatte, weit weg von Tomi und Sweet William.

April
(Schluß)

Serge schlief die ganze Nacht tief und geräuschvoll auf dem Küchenboden. Am Morgen wachte er bester Laune auf und konnte sich an die Ereignisse des Abends nicht mehr erinnern. Auf die Frage, was denn mit seiner Hand passiert sei, antwortete Martha, die grauer und grimmiger aussah denn je, er sei gegen die Tür gestolpert und habe sich dabei verletzt – eine Tatsache, die der Morgendwind, der durch die zerbrochene Scheibe pfiff, eindrucksvoll bestätigte.

Die einzige, die außer Serge guter Dinge war, war Helen – wie jede Hexe hatte sie geheime Kraftquellen, die sie mit Energie versorgten. Tomi wirkte in sich gekehrt und nervöser als sonst, und Sweet William war schlicht nicht da – obwohl er mit einem strahlenden und leeren Lächeln den Morgen und die Anwesenden begrüßte. Was mich betrifft, war ich einfach nur sauer: an mir nagte die Eifersucht, und ich hatte einen Kater.

Tomi machte mir einen Tomatensaft mit Pfeffer, Salz und Zitronensaft und war sehr um Blickkontakt bemüht, als sie mir das Glas in die Hand drückte; dann gab es für alle einen brutalen schwarzen Kaffee. Wir gingen wirklich segeln, und es war noch nicht einmal zehn Uhr, als wir uns in das Auto quetschten, den Picknickkorb in den Kofferraum warfen und Richtung Stamford fuhren.

Das Boot der Kleberts war ein breites flaches Ding mit einem Motor aus Armeebeständen. Es neigte zum Schlingern, hatte unten ziemlich viel Platz und wurde besonders von Serge geliebt, der am liebsten gefährliche und alberne Touren damit unternahm, zum Beispiel einen gebrauchten Kühlschrank mitten durch einen Hurrikan von Long Island nach Stamford zu befördern.

Der Tag war klar und strahlend, als wir am Hafenbecken ankamen; nur einige kleine hohe Wolken trieben über den Himmel. Serge deutete darauf.

»Scheint ziemlich windig da oben«, sagte er mit unverhohlener Befriedigung. »Wird vielleicht kabbelig.«

Tatsächlich aber wurde es eher angenehm. Ich lag auf dem Deck, blickte in die dahinjagenden Wolkenfetzen und dachte an alte Zeiten.

Ich erinnerte mich an die warmen, schläfrigen Tage des vergangenen Frühjahrs: Frühling auf dem Campus vor gerade mal einem Jahr, als wir versuchten, uns Klarheit über die zahllosen Liebeleien zu verschaffen, die wir angezettelt hatten, um dem grinsenden Dämon Langeweile zu entgehen. Ich hatte meine Jugendfreundinnen aus New York – eine nach der anderen – auf dem Campus in Pennsylvania eingeführt: die stämmige, dunkle, schöne Eva von den Westindischen Inseln mit dem wissenden Lächeln und den kryptischen Orakelsprüchen; die blasse, eckige Susan O'Reilley mit ihren Launen, der schönen Stimme, dem zynischen Schmollmund und den unschuldigen babyblauen Augen; und die äußerst lebensfrohe, alle mitreißende Martine, die die Freunde Petra nannten – was immer sie tat, es war ein sprudelnder Quell des Surrealen und Erstaunlichen. Petra und Tomi waren sofort Freundinnen geworden; das Bizarre in Tomis Leben kam Petras südländischem Sinn für das Dramatische, das Laute und Bunte, entgegen. Eva hatte sich unserem hochkomplexen Liebeskarussell mit der ihr eigenen ironischen Anmut angeschlossen – und Tomi und O'Reilley hatten sich ineinander verliebt.

Ich erinnerte mich an eine Woche im letzten Sommer, die wir in einer Hütte an der Küste von Massachusetts verbrachten, die Lees Familie gehörte. Wir hatten den Nachtzug von New York nach Boston genommen, der bei Tagesanbruch an der South Station ankommt, hatten in der Hayes-Bickford Cafeteria im trüben rosa Morgenlicht Muffins gegessen und Kaffee getrunken und waren dann mit dem Bus zur Küste gefahren. Gegen neun Uhr kamen wir dort an, hatten die Koffer in die Hütte gestellt und waren gleich zum Strand gelaufen, wie immer voller Sehnsucht nach dem Meer.

Das Meer war ruhig und düster; niedrige, graue Dünen und keine Brandung. Es war Ebbe und auf den Felsen lagen Muscheln, und nach einem halbherzigen Versuch, durch das Watt zum Wasser zu stapfen, gaben wir auf und wandten uns dem erfolgreicheren Geschäft des Muschelsammelns zu. Wir trugen einen großen Haufen auf einer Decke zusammen; dann zogen wir uns, da der Strand verlassen war, nackt aus und legten uns in den Sand, um so viel wie möglich von der lauwarmen Sonne Neuenglands abzubekommen. Ich ließ noch schnell einen anerkennenden Blick über unsere Gruppe schweifen, nahm das pastellfarbene Bild, das wir abgaben, in mich auf: Die Kurven unserer Körper wurden eins mit den Dünen, die verschiedenen Rosa- und Brauntöne unserer Haut hoben sich warm vom grauen Sand ab.

Die flaue See und das konturlose Licht waren wie ein Niemandsland: Ich glaube, das bedrückte uns, wenn auch unbewußt, da alle wild entschlossen waren, »den Strand zu genießen«. Jedenfalls kam am Nachmittag Wind auf, und wir nahmen dies als Signal, zogen unsere Badeanzüge wieder an und schleiften die Decke mit den Muscheln zurück zur Hütte.

Beim Duschen in dem winzigen Badezimmer, das an die Küche grenzte, entdeckte Mara eine Zecke auf ihrer Schulter. Vielleicht hatte es in den Dünen Zecken gegeben, und wir versammelten uns im großen Wohnzimmer vor dem Kamin, um uns gegenseitig zu untersuchen. Anfänglich blieben wir auch bei diesem Vorhaben, während unsere Körper und die flackernden Schatten, die das Feuer warf, impressionistische Bilder in den Raum malten. Ich untersuchte Petra, ließ meine Hand mit großem Vergnügen über ihren Nacken und die Haut hinter den Ohren gleiten, dann über die Schultern und zurück, suchte nach Verdickungen, die eine Zecke anzeigten. Mara war inzwischen mit meinem Körper beschäftigt. Ich hatte mich ihr halb zugewandt, mit einer Hand hob sie meine schwere Brust, mit der anderen forschte sie darunter. Als ich mich umdrehte, fiel mein Blick auf Tomi und O'Reilley: Tomis Mund war auf einer von Susans kleinen spitzen Brüsten und umschloß sie völlig, die Arme hatte sie um die Hüften geschlungen, und die Hände umklammerten die beiden Hügel des Hinterns. Susans Hände lagen schwerelos auf Tomis Schultern, sie hatte den Kopf lustvoll zurückgeworfen, die Augen geschlossen und den Mund ein wenig geöffnet.

Dann schloß sich ein warmer, voller Mund über meinem, rot-goldenes Haar überflutete mich, ich war begraben unter einer Wolke von zartblumigem Parfüm. Matilda küßte mich, die Arme um mich und Petra, den großen, weißen, parfümierten Körper an uns beide gedrückt. Einen Augenblick ließ sie von uns ab und sah mich mit einem breiten, strahlenden Lächeln an.

»Kleines«, flüsterte sie, »oh, Kleines!« – und wir fielen alle drei auf den Teppich.

Ich lag auf der Seite, meine Hand zwischen Matildas kräftigen, schönen Schenkeln spielte mit ihrer dicken Klit. Sie fühlte sich an wie eine Knospe, eine perfekte, geschlossene Rosenknospe, die unter meinen Fingern größer und härter wurde. Petra lag mit dem Kopf nach unten, das Gesicht auf meinen Beinen. Sie knabberte an der Haut, den Mulden, die die langen Muskeln der Beine formten. Ich betrachtete Matilda, die sich wie ein großer Halbmond um uns beide geringelt hatte, während sie Petras Möse und Arschloch leckte. Petra schlang die Beine um Matildas Kopf. Meinen Kopf seitlich, leckte und biß ich zart in Petras Flanke und Matildas Hände, die sich dort festkrallten.

Meine Schenkel öffneten sich wie ein Aufseufzen, und mit einem Schauder von Lust und Erleichterung fühlte ich Petras kräftigen warmen Mund auf meiner Möse, ihre warme Feuchtigkeit traf meine mit der sanftesten und subtilsten aller Zärtlichkeiten. Dann begann ihre Zunge mit meiner Klitoris zu spielen, und ich zitterte und krümmte mich vor Lust, biß in ihre Hüfte und bohrte meine Hand tief in Matildas feuchte Möse, die von weichem, feinem Haar, rot wie das Gold der Alchemisten, umgeben war.

Aus der Tiefe ihrer Kehle drang ein zittriger Laut, gleichsam ein zarter Kontrapunkt zu Petras dunklem Stöhnen. Ich spreizte die Beine noch weiter und drehte die Hüfte, um Petras Mund zu begegnen. Dabei fühlte ich Susans kühles aufgeregtes Fleisch an meinen Füßen, ich glaubte sie immer noch in Tomis Armen. Über meinem Kopf und hinter Matildas mächtigem Körper konnte ich Eva keuchen hören, während Mara wieder und wieder ihren Namen murmelte. Eine riesige Wolke von Fleisch und Feuerwerk, von Liebesgeräuschen und Zärtlichkeiten, und ich trieb darin. Ich ließ mich treiben. Ich konnte spüren, wie ich zerschmolz.

Die Explosionen begannen in meinem unteren Rücken, durchbohrten den Unterleib und zuckten in die Leisten wie flüssiges Feuer. Dann kam Petra, wie ein großes, fremdartiges Säugetier, und meine Hand in Matildas Möse schmerzte, weil sie abwechselnd von ihren Schenkeln gequetscht und den rasenden kreiselnden Bewegungen ihrer Pussie zermahlen wurde. Dieser schwerblütige tiefe Rhythmus von Petras Orgasmus traf mich bis ins Mark, die Wände meiner Vagina bebten und wurden von einer köstlichen Lust überflutet; dann hörte ich Tomis ekstatischen Schrei und ihr verzweifeltes Schluchzen.

Lange Zeit lag ich reglos, nahm das flackernde Licht an der Zimmerdecke nur undeutlich wahr. Matildas Kopf war auf meinem Bauch, sie nuckelte an meiner Brust, ich konnte Petras Scheiße in ihren Haaren riechen. Meine Hand auf ihrer Taille klebte von ihrem Saft. Petra, die schlief oder ohnmächtig geworden war, hatte sich zur Seite geworfen, die Nippel der großen Brüste waren runzelig und zeigten zur Decke, um die geschlossen Augen verschmierter Lidschatten und hellrote Striemen auf den Backenknochen.

Maras langer, geschmeidiger Körper glitt zwischen Petra und mich, schlängelte sich an meinem Körper hoch, um Matilda auf den Nacken zu küssen. Matilda rutschte über mich, ihr entgegen. Ich streichelte Mara mit meiner nassen Hand und salbte sie mit Matildas Saft. Dann schlüpfte ich unter den beiden weg und brachte sie sanft auf dem Boden zwischen Petra und mir zu liegen, spürte Evas kräftige, warme Hände auf meinem Rücken.

Ich drehte mich zu ihr und stürzte mich mit einem rauhen, animalischen Schrei kopfüber in das warme, dunkle nach Moschus duftende Fleisch, als stürzte ich in die Erde. Ich genoß ihre vollen Brüste mit den großen, blauschwarzen Brustwarzen, ihren vollkommenen, runden Bauch, dann teilte ich sanft die schweren Schenkel und leckte am krausen schwarzen Haar des Venusberges, sog seinen reichen, süßen Duft auf. Meine Zunge hatte ein Eigenleben entwickelt und suchte ihren Weg durch das Labyrinth des Haares, stupste sanft die Klitoris und fuhr der Form ihrer Möse nach, derweil meine Hände Hinterbacken und Schenkel kneteten. Sie kam schnell, und das Beben ihres Körpers sprang auf mich über, als ihre Hand von hinten in mich eindrang und mich neu entflammte.

Fast gegen meinen Willen begann das Zittern in meinem Körper wieder, ebbte ab und kam zurück. Ich war ausgelaugt, erschöpft von allem Vorangegangenen. Auf Evas Schenkeln liegend glaubte ich, zu müde zu sein, um noch einmal zu kommen, aber der Orgasmus baute sich unerbittlich in mir auf, schüttelte die Wirbelsäule und schoß durch den Bauch in die Leisten, bis ich endlich das Bewußtsein verlor und in eine graue Schwere zwischen Bewußtlosigkeit und Schlaf fiel.

Mittlerweile war es kühl im Zimmer geworden, weil niemand das Feuer geschürt hatte, und so zogen wir uns schließlich wieder an, dünsteten die Muscheln und aßen sie zu Rotwein und Baguette; das Feuer sprühte Funken von frischen Kiefernscheiten, und Petra klimperte auf einer Gitarre. O'Reilley aß nichts, kauerte nur in einem Sessel, den Kopf in den Armen vergraben, blaß und lang zusammengerollt. Ihr glattes blondes Haar umgab sie wie eine Aura, und es war damals und dort, daß Tomi sich in sie verliebte – eine Liebe, die im Folgenden erst sie und dann mich aus der sicheren, abgeschlossenen Welt des College hinaus ins hektische Leben der Großstadt gestürzt hatte, in der wir noch keinen Ort gefunden hatten, keinen Platz, an dem wir unser eigenes Leben gestalten konnten.

Doch nun hatte ich eine Wohnung gefunden, fiel mir wieder ein. Meine Stimmung hatte sich inzwischen deutlich gebessert, und die Niedergeschlagenheit, in die mich Tomi mit Bruder und die anderen Unerfreulichkeiten ihres Lebens in Darien gestern gestürzt hatten, war verschwunden. Der Tag war wunderbar, das Schaukeln des Bootes köstlich, der strahlende Himmel und die hohen kleinen Wolken beflügelten meine gute Laune. Ich hatte tatsächlich die Wohnung gefunden, jetzt mußte ich nur noch Tomi davon erzählen, und wir drei könnten einziehen. Alles weitere würde sich finden. Mir war ganz schwindelig über so viele Möglichkeiten.

Wir legten an der Insel an und brachten unsere Sachen an Land. Ich war trunken von Luft und Perspektiven und fragte Tomi sofort, ob sie mit auf einen Spaziergang käme. Ihre Gedanken waren noch immer bei den Ereignissen der vergangenen Nacht, und sie wollte mir jeden möglichen Gefallen tun. Wir schlenderten am sonnigen, kühlen Strand entlang, bis wir außer Hörweite waren, und dann legte ich los.

»Ich habe das ganze Wochenende darauf gewartet, es dir zu erzählen«, sagte ich, »ich hab etwas für uns gefunden, im West Village, in der Charles Street. Zwei Schlafzimmer, ein Atelier mit Oberlicht, und –« Ich brach ab, als ich ihr Gesicht sah.

»Di Prima«, sagte sie sanft, mit belegter Stimme, und blickte an mir vorbei. »Verzeih. Ich komme nicht mit. Ich werd nicht mit dir und O'Reilley einziehen.«

Zuerst glaubte ich, meinen Ohren nicht zu trauen, das war einfach unmöglich, konnte einfach nicht sein – hatte ich nicht genau deshalb das College verlassen, um mit Tomi zusammen zu leben? War nicht genau das der Grund gewesen, mich auf dieses ganze neue Leben einzulassen, und zwar in einem Maße, daß ich die Grundsätze meines alten Lebens – meiner Kindheit und Schulzeit – schon so gut wie vergessen hatte? Aber Tomi sprach weiter, ich blickte in ihr gequältes, kleines, dunkles Gesicht, und da sahen die Augen, was die Ohren nicht hatten hören wollen.

»Ich kann Martha nicht verlassen«, sagte sie flehend, so unglaublich es klang. »Bitte versuch mich zu verstehen. Ich kann Martha nicht mit Serge allein lassen. William ist völlig nutzlos, ich kann sie nicht mit Serge allein lassen. Ich muß so sein, wie sie möchte, daß ich bin. So wie sie sein wollte, aber nie eine Chance hatte.«

Sie weinte jetzt. Langsam löste sich meine Starre. Ich legte die Hände auf ihre Schultern.

»Es ist dein Leben, über das du hier sprichst, Mädchen«, sagte ich rauh, »dein verdammtes ganzes Leben.«

Sie murmelte ein leises »Das weiß ich«, und dann, bitter, »hör auf, di Prima, ja? Laß uns keine gottverdammte Szene machen.«

Ich hielt sie immer noch an den Schultern, ich starrte sie immer noch an. Ich konnte meine Augen nicht von diesem schmerzgequälten Gesicht wenden.

Unsere Blicke begegneten sich, und wieder liefen ihr Tränen über die Wangen. »Bitte«, sagte sie, »bitte.«

Ich zog sie an mich und hielt sie fest, fühlte Schluchzer den schmalen Körper schütteln, ließ schwarze Feuerküsse auf ihr nasses Gesicht und das krause Haar regnen. Auch ich zitterte vom Scheitel bis zur Sohle. »OK«, sagte ich, als ich wieder sprechen konnte, »OK, keine Szenen. Tu, was du tun mußt.«

Ich ließ sie los, und sie drehte sich wortlos um und ging zum Meer. Sie wusch das Gesicht, während ich wartete und gedankenverloren Kiesel aufhob und wieder wegwarf. Ich konnte nicht mehr denken.

Eine Wolke hatte sich vor die Sonne geschoben, es wurde kühl. Tomi kam zurück, und wir gingen schweigend zur Familie.

Martha und Helen hatten ein Feuer entfacht, über dem Hamburger brutzelten. Serge begrüßte uns herzlich und drückte jedem eine Bierdose in die Hand. Er war überaus glücklich. Wie viele dieser kraftstrotzenden Männer hatte er einfach das Problem, daß er im normalen, zivilisierten Leben seine Energien nicht nutzen, geschweige denn ausleben konnte. Im kalten Wind fühlte er sich wohl. Er lief in Shorts und Hemdsärmeln herum.

Ich holte meinen Pullover und zog ihn über, kämpfte um meine Fassung und versuchte alles aus dem Kopf zu verbannen, was nicht zu diesem festlichen Ereignis, das ich genießen wollte, paßte.

Zum ersten und einzigen Mal während meiner Bekanntschaft mit den Kleberts gab es genug zu essen, und fast jeder war eifrig damit beschäftigt, sich vollzustopfen. Die Unterhaltung war fröhlich, und Marthas Witze krachten wie das Holz, das sie gesammelt hatte. Nur Sweet William hatte sich zurückgezogen, saß alleine auf einem Felsen im Wasser, kaute an einem Stengel Sellerie und beobachtete den Horizont. Helen überging es mit einem Scherz über die Probleme des Erwachsenwerdens. Ich fragte mich, wieviel sie wußte und ob sie eine Ahnung hatte von der Art der Probleme. Ich warf einen schnellen Blick auf Tomi. Sie war bleich wie der Tod und völlig damit beschäftigt, sich mit zitternden Händen eine Zigarette anzuzünden.

Nach dem Mittagessen kam die Sonne wieder hervor, und jeder machte ein oder zwei Stunden Pause. Martha las Dylan Thomas' Gedichtband *In Country Sleep*, der gerade herausgekommen war. Helen häkelte an einer dunkelroten Spitzentischdecke, die sie feierlich aus einer alten Reisetasche gezogen hatte. Serge hatte ein Buch voller alter Kreuzworträtsel aus der *New York Times*. Tomi zog Zeichenkohle und Skizzenbuch heraus und gab vor, beschäftigt zu sein, und William – William saß einfach auf seinem Felsen.

Ich zog mich ein bißchen von den anderen zurück und fand einen abgelegenen Hügel, auf dem ich mich in der Sonne ausstreckte. Die Spielregeln verboten, noch weiter mit Tomi zu sprechen: Es war »uncool«, auf einer Sache herumzureiten, wenn die Gefühle des anderen dabei verletzt wurden. Aber das, was in der vergangenen Stunde über mich hereingebrochen war, hatte in meinem Kopf ein heilloses Durcheinander angerichtet, und ich brauchte Ruhe und Einsamkeit, um wieder Klarheit zu gewinnen. Wieder und wieder dachte ich, »darüber muß ich nachdenken«, aber es kamen keine Gedanken, nicht einmal das »darüber« ließ sich formulieren, und nach kurzer Zeit glitt ich in diesen quälenden Halbschlaf, den emotionale Erschöpfung und Verwirrung mit sich bringen.

Ich wurde vom Gewicht eines anderen Körpers auf meinem und einer Zunge in meinem Ohr geweckt. Ich konnte den Kopf gerade soweit drehen, daß ich Serge erkannte, der in Shorts und Sonnenbrille auf mir lag.

»Bitte«, flüsterte er, und einen Wimpernschlag lang klang er wie Tomi, »mach keinen Lärm. Sie schlafen alle.«

Sein Atem roch nach Alkohol, und ich war von seinem dicken Altmännerkörper mehr als abgestoßen. Ich wand mich unter ihm, schaffte es, mich auf den Bauch zu drehen und begann, wegzurobben, um einen Sicherheitsabstand bemüht. Ich wollte mich aufsetzen und ein cooles, vernünftiges Gespräch mit ihm führen. Er war wahrscheinlich betrunken, und wenn ich freikäme, würde ich leicht mit ihm fertig. Wenn ich freikäme …

Aber er war zu schnell, packte mich um die Hüfte und begann gleichzeitig, meine Hose herunterzuzerren, deren Reißverschluß er geöffnet hatte, während ich schlief. Ich kämpfte schweigend, um mich zu befreien, und dachte die ganze Zeit ungläubig, daß dies eine Vergewaltigung war, daß ich gerade vergewaltigt würde.

Serge hatte es irgendwie geschafft, seinen steifen Schwanz aus den Shorts zu holen, denn ich fühlte, wie er auf der Suche nach einem Einlaß zwischen meinen Beinen herumstocherte. Plötzlich war sein Mund an meinem nackten Hintern, ich spürte diesen lächerlichen Schnurrbart an meiner Haut und meine Angst und das Entsetzen erschienen mir albern. Das war Serge, der arme, verrückte Serge, der seine Frau nie vögeln durfte, und wenn er mir jetzt einen Fick verpassen wollte, warum sollte ich ihn nicht lassen? Es würde nicht weh tun. Nicht sehr jedenfalls. Und: ich schien sowieso keine andere Wahl zu haben.

Ich hörte auf zu kämpfen. Serge spürte sofort mein Einverständnis. Er lockerte den Schraubstockgriff auf meinen Schultern, seine Hände glitten unter den Pullover, unter die Bluse und bemächtigten sich meiner Brüste.

Meine Beine entspannten sich und öffneten sich etwas, um seinen Schwanz aufzunehmen. Er schob ihn fachmännisch hinein. Unter seinen Bemühungen und gegen meinen Willen regte sich in meinen Brüsten die Lust. Mit nacktem Hintern und ziemlich gelangweilt zitterte ich im kalten Wind, während seine Lenden wieder und wieder gegen mich klatschten.

Dann wurde mein ganzer tiefer Kummer zu einer verrückten unpersönlichen Begierde, die nach Befriedigung schrie. Meine Möse erwachte widerstrebend, und ich begann, mich im Gras auf Händen und Knien mit ihm zu bewegen, seinen Rhythmus und seine Energie aufzunehmen.

Schließlich warf ich mich mit dem Gesicht nach vorn auf den Hügel, bockte und bebte einem abstrakten mechanischen Finale zu, das seltsam lächerlich wirkte, und Serge kam mit mir, lag schwer auf meinem Rücken und keuchte in mein Ohr, während er kurze, heiße Spritzer in meine Möse schoß.

Kaum machte ich Anstalten mich zu bewegen, war Serge schon auf und runter von mir und machte seine Hose zu. Und bevor ich mich umdrehen konnte, war sein Kopf in der Beuge zwischen den Schenkeln, leckte seinen und meinen Saft auf und trocknete mich eifrig mit einem Taschentuch ab. Sofort fiel mir Tomi ein, wie sie am Tag zuvor mit ihrem Höschen den Dreck von meinen Füßen gewischt hatte; ich spreizte meine Beine, um ihm besseren Zugang zu gewähren, und bettete meinen Kopf auf die Arme.

Als er fertig war, drehte ich mich herum, zog die Hose hoch, schloß den Reißverschluß und setzte mich, um mein Haar in Ordnung zu bringen. Serge küßte mich noch einmal väterlich auf die Wange, und ich tätschelte seinen Arm, bevor er schweigend zu der Gruppe am Feuer zurückkehrte.

Ich lag da und versuchte mich zu fangen, aber dieser merkwürdige, kurze Orgasmus hatte mich betäubt: er hatte alle Gedanken aus dem Kopf vertrieben, und beinahe auch den Kummer aus meinem Herzen – der war immer noch da, aber tief vergraben, außer Reichweite, wie ein Felsen auf dem Grund eines Sees. Die Sonne war wieder verschwunden – diesmal endgültig, wie es schien –, und es war einfach zu kalt, um herumzuliegen und zu grübeln, also stand ich auf und suchte die anderen.

Sie waren dabei zu packen und zum Boot zurückzugehen. Ich half, so gut ich konnte. Mein Kopf schien voller Baumwolle, und mir war schwindelig. Ich hatte keine Erfahrung damit, von hinten gefickt zu werden, vielleicht war die Haut meiner Möse leicht verletzt. Die enge Jeans machte es auch nicht besser. Tomi schaute mich ein oder zwei Mal fragend an, aber ich wich ihren Blicken aus.

Wir waren kaum auf dem Wasser, da fing es zu stürmen an. Ein richtiger Sturm, ein Sturm, wie er im Buche steht, war aufgezogen. Das Boot schaukelte und schlingerte, es begann zu regnen, und fast alle flohen in die Kabine. Aber ich wußte, daß ich die prüfenden Blicke von Tomi und Martha nicht ausgehalten hätte, also kletterte ich auf das Dach der Kabine, hielt mich mit beiden Händen fest und beobachtete den Himmel.

Blitz folgte auf Blitz, der Donner krachte. Serge stand am Ruder, naß bis auf die Haut, und sang aus vollem Halse. Seine nassen, hauteng klebenden Shorts zeigten deutlich, daß er wieder eine Erektion hatte.

Es war, als wären das Wetter und ich völlig im Einklang. Ich saß da, sog es in mich auf, fühlte zum ersten Mal in meinem Leben, wieviel Aufruhr ich stumm ertragen konnte und was Ausdauer bedeutete, wenn man von der blanken Wut der Elemente geläutert wird. Schließlich merkte Serge, daß ich da oben war, und entweder aus Sorge um mich oder aus Verlegenheit über den Nachmittag schickte er mich nach unten, sagte, er könne keine Verantwortung übernehmen, wenn ich von Bord gespült würde.

In der Kabine waren alle seekrank; das Dach leckte. Martha saß neben William, der wie ein Fötus zusammengekauert zu schlafen versuchte, und hielt eine Decke wie ein Zelt über ihn. Helen und Tomi versuchten, Karten zu spielen, aber nach einer Weile gaben sie es auf und saßen nur herum, und Tomi, bleich wie der Tod, kommentierte Helens unaufhörliches Geschnatter mit kurzen, unverbindlichen Grunzern.

Aus dem großen Schatzkästlein der Erinnerungen stand mir plötzlich ein Bild vor Augen, eine Geschichte, die Tomi mir über eine Musiklehrerin erzählt hatte, in die sie als Zwölfjährige verknallt gewesen war. Wie die Frau sie schließlich eines Tages unter dem Walnußbaum vor dem Haus verführt hatte. Wie Martha sie gesehen und Tomi mit dem Erziehungsheim und der Frau mit der Polizei gedroht hatte, wenn sie sich jemals wieder blicken ließe. Als ich jetzt an diese Geschichte dachte, erschienen vor meinem inneren Auge alle drei in viktorianischer Kleidung: Tomi und ihre Freundin standen steif, geradezu klassisch, unter dem Baum, Martha in Korsett und gestärkter Halskrause im Eingang des Hauses. Wie bei Henry James, dachte ich. Sie denken, sie gehören in einen Roman von Fitzgerald, aber sie sind wie ein bösartiger Henry James ...

In der Kabine konnte man nicht atmen, es war erstickend heiß. Ich schnappte mir *In Country Sleep* und las im Licht einer Taschenlampe. »*Never and never my girl riding far and near...*«

Ich weiß zwar nicht mehr so genau wie wir es schafften, aber schließlich legten wir doch in Stamford an, und zu diesem Zeitpunkt war mir klar, daß ich keine zweite Nacht dieser Art ertragen konnte, daß ich woandershin mußte, irgendwohin, raus hier, raus aus dieser stickigen Luft, diesem unentwirrbaren Knäuel von Leben. Wenn ich erst einmal fort war, wußte ich, würde ich Mittel und Wege finden, Abstand zu halten und Tomi nicht mehr zu sehen.

»Klar«, sagte sie, »du kannst den 9:20 Zug nehmen, aber ich dachte, du würdest mit uns zurückfahren.«

Ich murmelte, daß mir gerade eingefallen sei, ich hätte noch einen Job oder so was zu erledigen, jedenfalls müßte ich morgen früh da und dort sein; eine lahme Entschuldigung, und Martha musterte mich mit mit ihren stechenden grauen Augen.

»Na gut, wir setzen dich am Bahnhof ab«, sagte sie freundlicher, als ich es je von ihr gehört hatte. »Serge kann dir morgen deinen Koffer bringen, wenn er in die Stadt zur Arbeit fährt.«

Tomi sagte nichts, aber als wir uns ins Auto quetschten, schaffte sie es, neben mir zu sitzen. Ich spürte ihren Schenkel an meinem, die unterdrückte Hast ihrer Atemzüge. Wir fuhren schweigend, und als ich ausstieg, kam Tomi mit, um mich zum Fahrkartenschalter und dem richtigen Bahnsteig zu bringen. Es regnete noch immer leicht.

»Di Prima«, sagte Tomi, »di Prima, sprich mit mir.«

»Was gibt's da zu sagen«, fragte ich, »du weißt doch, was du aufgibst.«

Ich meinte O'Reilley, aber ich meinte auch Licht und Freiheit, Luft und Lachen, die Außenwelt – außerhalb der stickigen inzestuösen Atmosphäre ihres »Familienlebens«. Ich meinte Zeichentische in hohen weißen Räumen, Abende beim Ballett oder in exotischen Restaurants, oder einfach umherstreifen, die Neonstraßen erkunden. Am allermeisten meinte ich das Lachen, heimliche Albernheiten und Freuden, das eigene Blut kräftig und rot in den eigenen Adern zu spüren, und nicht für den unausrottbaren Gram vorheriger Generationen zuständig zu sein.

»Ich werd' sie vergessen«, sagte Tomi und meinte O'Reilley. »Ich kann es Martha nicht antun.«

Wir standen im gnädigen Schatten, und ich nahm und küßte diese kleinen, schönen Hände, küßte sie wieder und wieder, bevor ich mich umdrehte und, ohne noch einmal zurückzublicken, auf den Bahnsteig ging.

Dann endlich kamen die Tränen, sie kamen, wie der Regen gekommen war, endlos und hoffnungslos; ich sah, wie der alte schwarze Chrysler anfuhr und in Richtung Darien verschwand und das kleine Geschöpf mitnahm, das ich mehr als alles in der Welt liebte.

Einige Arten,
seinen Lebensunterhalt zu verdienen

»Du mußt ein bißchen näher ran, Joe. Leg jetzt den Mund direkt auf sie. Du bist OK, Bob. Gut, Diane, du mußt dein Knie ein bißchen hochziehen, jetzt das Kinn heben, den Kopf etwas mehr nach hinten. Lippen befeuchten.«

Ein Mund schloß sich weich, geradezu höflich über meiner Brust, eine große schwarze Hand legte sich auf meine nackte Hüfte. Ich schob das Knie ein wenig höher, warf den Kopf zurück, und bewegte mich nicht. Klick. Eine Flut von gleißendem Licht ergoß sich über uns drei. Klick. Dieses Mal das langsamere Klicken der Kamera, das sich drei oder vier Mal wiederholte.

»OK, Leute, das war's.«

Das lebende Bild geriet in Bewegung. Bobs Kopf tauchte zwischen meinen Beinen auf, Jo nahm seinen Mund von meiner rechten Brust, wir standen auf. Und lachten, um die Anspannung, die merkwürdige sexuelle Schwüle zu vertreiben, die von uns Besitz ergriffen hatte.

»O Mann«, sagte Bob, »Mann o Mann. Du hast ja doch eine ziemlich nette Muschi, Schätzchen. Es gibt weiße Kätzchen, die riechen ziemlich übel.«

»Nichts zu danken, Bob«, sagte ich lachend, legte für einen Augenblick schwesterlich den Arm um seine Hüfte und ging dann, um meinen Kimono anzuziehen.

Wir waren in einem Loft, den es in dieser Art nur in New York City gab, und nur im New York der fünfziger Jahre. Ein riesiger, grauer, schwebend staubiger Raum, irgendwo östlich vom Union Square, auf halber Höhe – ein Raum so ruhig und schwarz und einsam wie die Wüste, dem eine eigene Dimension der Stille innewohnte, zu der man nur Zugang fand, wenn man sich rückhaltlos darauf einließ.

Dieser Loft hier gehörte einem gewissen Duncan Sinclair, Fotograf und Teilzeit-Pornograf. Duncan war ein sanfter, angenehmer Schwarzer von Mitte Dreißig. Jetzt verteilte er eine Runde Bier; wir saßen zusammen, scherzten und redeten unangestrengt über nichts und wieder nichts.

Joe war Maler, er gehörte zu den wilden expressionistischen schwarzen Malern der Ostküste, von denen man hierzulande nie etwas gesehen oder gehört hat, (dafür in Europa), weil sie viel zu kraftvoll und lebendig (und zu heterosexuell) für jede Ostküstengalerie sind. Er war für mich auf der Suche nach einem Rezept für ein Arme-Leute-Essen, etwas, das »Hopping John« hieß, aus den Südstaaten stammte und aus braunem Reis mit Feuerbohnen und Schinkenknochen bestand.

Bob war Barkeeper in einem Laden in der unteren Fifth Avenue. Er war groß, hübsch und sehr schwarz, und er verdiente mit diesen Tages-Engagements ein bißchen Geld dazu.

Ich saß etwas müde und ein wenig hungrig dabei, hörte halb auf das, was die drei redeten, halb ließ ich meine Gedanken ziellos wandern.

Vor ein paar Wochen erst war ich in die Wohnung in der Lower East Side gezogen, die ich gemietet hatte, nachdem Tomi nicht mit mir zusammenwohnen wollte. Ohne sie machte das Studio im Village keinen Sinn mehr, auch war es viel zu teuer. Und so war ich in eine winzige »renovierte« Zweieinhalbzimmerwohnung an der Ecke Avenue A/Fifth Street gezogen. Ein vorausschauender Vermieter, ein alter Rabbi, hatte schon damals entschieden, daß die East Side das neue »Village« werden würde; er hatte ein paar Mietshäuser gekauft, die Wohnungen entsprechend verkleinert und hoffte jetzt darauf, sie an ein paar verarmte junge Leute vermieten zu können, die genauso dachten wie er oder die einfach nur eine Zuflucht brauchten, eine, die sie sich leisten und von der aus sie die Bars und Cafés und Buchläden zu Fuß erreichen konnten.

Ich war bisher die einzige Mieterin, die er gefunden hatte. Wann immer ich den stinkenden Eingangsflur dieses traurigen Gebäudes, dessen Außenseite mutig mit einer neuen Schicht grauer Farbe prunkte, betrat oder verließ, begann ein Spießrutenlauf unter den kleinen, engen, mißtrauischen Augen von buchstäblich Hunderten von Polinnen, Ukrainerinnen und Ungarinnen, die sich nicht vorstellen konnten, was ich hier zu suchen hatte, es aber ganz sicher nicht mochten, überhaupt nicht mochten.

Wenn ich von der Avenue A zur Fifth Street ging, kam ich zunächst an einem unglaublich stinkenden Bestattungsunternehmen vorbei, sodann an einer kleinen Fleischwarenfabrik, deren Bürgersteig ständig schmierig und voller Wurstfett war, und dann an einer nicht weniger schmierigen Bar, wo ich jeden Tag die abschätzigen Blicke und Pfiffe der fickrigen Männer ertragen mußte, die zu den schon erwähnten Frauen mit den engstehenden Augen gehörten. Eindeutige Angebote, Verzweiflung, hoffnungsgeiles Geflüster – es war erniedrigender und widerlicher als alles, was ich seither und wo auch immer erlebt habe.

Nachdem ich die Miete, die Kaution (eine weitere Miete), die Maklergebühr in gleicher Höhe, die Kaution für Gas und Elektrizität und das Telefon bezahlt und das Allernotwendigste, eine Bratpfanne und eine Decke, gekauft hatte, war ich total pleite und machte mich voller Sorgen auf die Suche nach Möglichkeiten, meinen Lebensunterhalt zu verdienen. In einem Stadtbus lag eine Ausgabe von *Show Business* herum, in der ich eine Anzeige für ›sexy Modelle‹ entdeckte, die aufregende zehn Dollar und mehr die Stunde versprach. Ich hatte meine Zweifel, ob jemand wie ich damit gemeint sein könnte, aber ich füllte die C-Körbchen meines BHs reichlich aus, und meine Taille war die vorgegebenen fünfundzwanzig Zentimeter schmaler als mein Brust- und Hüftumfang; also beschloß ich es zu versuchen, obwohl ich keine Ahnung hatte, was mich erwartete.

Zwei Tage und drei Telefongespräche später fand ich mich im Büro eines Gay Faye wieder, der mich verständnisinnig musterte.

»Steh noch mal auf, Liebes, bitte, ja«, sagte er plötzlich. »Jetzt einmal drehen, laß dich von der Seite ansehen. Na, ich denke, es ist einen Versuch wert. Zieh mal bitte dein Kleid hoch und laß die Beine sehen.«

Ich beugte mich hinab, zog den Rock bis zur Muschi hoch und fragte mich, was als nächstes kommen würde.

»Schau«, sagte ich, »ich bin nicht prüde. Soll ich mich nicht gleich ganz ausziehen, dann wissen wir, ob es geht oder nicht?«

»Dazu kommen wir gleich, Liebes«, sagte Gay und schnitt eine Grimasse, »dazu kommen wir gleich. Ich gehe gerne

Schritt für Schritt vor. Zieh jetzt das Kleid und die Bluse aus, damit ich deine Wäsche sehen kann. Meine Güte, was für ein schäbiges Zeug. Ich hoffe, du hast etwas Anständigeres mitgebracht.«

»Ja«, sagte ich, »ein paar Strumpfgürtel und Strümpfe, einige durchsichtige Höschen und einen schwarzen Spitzen-BH.«

»Na, das ist ja immerhin ein Anfang«, meinte er und steckte sich eine DuMaurier an. »Jetzt zieh deine Unterwäsche aus.«

Ich tat, was er sagte. »Jetzt zieh dein Höschen wieder an und zieh es wieder aus, aber dieses Mal mit dem Rücken zu mir.«

Ich gehorchte und kam mir vor wie ein trainierter Seehund im Zirkus, während er meinen Hintern begutachtete, erst von der einen Seite und dann von der anderen.

»Nicht schlecht«, sagte Mr. Faye. »In diesen Klamotten siehst du viel plumper aus, als du wirklich bist. Frauen werden *nie* lernen, sich richtig anzuziehen.« Er ließ seine fragile, eckige Gestalt auf der Ecke des Schreibtischs nieder. »Willst du gleich anfangen?«

»Klar«, sagte ich, »warum nicht? Ich meine, ich würde das sehr gerne machen.« Ich fühlte mich so, als ob ich schon damit angefangen hätte.

»Gut«, sagte er, »dann zieh diesen Morgenrock an, bitte, ja? Du kannst auch gerne in die Küche gehen und dir einen Kaffee machen. Wir können nicht anfangen, bevor die Streifen weg sind.«

»Streifen?«

»Rote Streifen unter deinen Brüsten vom BH«, sagte er mit sichtlichem Behagen. »Sieht fast wie Striemen aus. Und die kleine Rille auf deinem Bauch vom Gummiband der Unterhose.«

»Stimmt«, sagte ich; an so etwas hatte ich noch nie gedacht. Ich kam mir vor wie die Heldin in einem S&M-Roman.

Ich zog den Morgenmantel an, die Dreißiger-Jahre-Imitation eines schwarzen Seidenkimonos, bestickt mit abscheulich grellen Pfingstrosen, und schlenderte in Richtung Küche; vielleicht gab es ja wirklich Kaffee.

Mr. Gay Faye war so schwul wie sein Name. Weibliche Formen waren ihm ausgesprochen verhaßt, und er widmete seine ganze Kunst den verschiedenen Möglichkeiten, sie verzerrt, anzüglich und auswechselbar darzustellen. Was seine Kamera hervorbrachte und was in voller Farbpracht zehntausendfach in Umlauf kam, galt als sexy, kam auf Kalender und hing in ganz Amerika in Garagen und Absteigen. Diese Bilder ermöglichten ihm und dem Ex-Gewichtheber, der ihm den Haushalt führte und mit dem er zusammenlebte, den ach so wohlverdienten Komfort.

Wir begannen mit einer Serie von Aktaufnahmen, bei denen ich kniete und auf dem Hintern saß, die Hände in meinem langen Haar, den Kopf im Profil – ich versuchte, schüchtern auszusehen, oder das, was ich für schüchtern hielt und was ich später dahingehend änderte, wovon ich dachte, daß Gay Faye es für schüchtern hielt. Eine ganze Serie von Rückenaufnahmen, bei denen ich mich über einen Sessel beugte, das Kinn auf die Hände stützte und gelangweilt blickte. Ein Bild, wie ich mich vorbeugte und durch meine Beine sah.

»Dein Haar«, beklagte sich Gay, »schränkt mich ein. Schau mal, wenn wir noch mehr machen wollen, würdest du dir die Schamhaare rasieren?«

Schon der Gedanke daran verursachte mir ein stacheliges, kratziges Gefühl zwischen den Beinen und ich runzelte die Stirn – nachdenklich, wie ich hoffte.

»Ich weiß nicht«, sagte ich, »kommt darauf an, wieviel noch zu tun ist.«

Ganz bestimmt nicht, dachte ich, das Leben ist schon schwer genug.

Ich stolzierte in Strumpfhalter und Strümpfen herum und in hochhackigen Schuhen. Stand in einem durchsichtigen kurzen Nachthemd vor einem Fenster, die Beine gespreizt, die Arme nach oben gereckt. Kringelte mich auf einem Bärenfell zusammen, jetzt wieder nackt, mit Gays widerlichem kleinem Chihuahua auf dem Schoß, um das anstößige Haar zu verdecken. Spielte Dienstmädchen mit Häubchen und Schürze und den unausrottbaren hohen Absätzen an Gays Tisch mit Spitzendecke und hielt ein Silbertablett mit silbernem Teegeschirr direkt unter meine nackten Titten. Stieg tropfnaß aus der Dusche, mit Duschhaube aus Spitze und knappem Handtuch, eine lange nasse Strähne roten Haares klebte auf meiner Brust und ringelte sich um den Nippel.

Erschöpft hörten wir auf. Warren, der Gewichtheber, ging Hero-Sandwiches und literweise Kaffee holen, ich zog mich an, und wir machten Feierabend.

Ich arbeitete noch zwei oder drei Mal für Gay. Dann kam Duncan vorbei, um ein paar Aufnahmen auf dem Bärenfell zu machen, und fragte mich, ob ich für ihn arbeiten wolle.

»Die Arbeit ist ein bißchen anders«, sagte er, »ein bißchen – hmm – realistischer. Aber es gibt mehr Geld – ich zahle dir 25 Dollar die Stunde.«

»Großartig«, antwortete ich (meine Miete betrug 45 Dollar

im Monat). »Wann gehts los?« Ich rechnete damit, daß er Pornographie meinte, war mir aber schon längst klar, daß ehrliche Pornographie nicht halb so obszön sein würde wie das, was ich für Gay machte.

Es folgte eine ganze Reihe dieser überaus höflichen Sitzungen. Der größte Teil des Schweinkrams war vorgetäuscht, und das wenige, das echt war, ging mit einer solchen Kombination von Höflichkeit und Können vor sich, daß ich neugierig auf mehr wurde.

Duncan hatte mir, zusätzlich zu den Fotos, eine ständige Beschäftigung als Sekretärin und Empfangsdame angeboten; einzige Bedingung war, daß ich dabei – beim Tippen, Telefonieren usw. – ganz nackt sein müsse. Ich lehnte ab, weil, wie ich ihm erklärte, ich schon mehr als genug Geld verdienen würde und mich nicht von einem festen Job an die Kette legen lassen wollte. Duncan giggelte endlos über die Vorstellung, er hätte mir einen »festen Job« angeboten, und wir kamen weiterhin mehrmals die Woche zusammen, um Aufnahmen zu machen.

Jetzt, ich war gerade dabei mich anzuziehen, um nach Hause zu gehen, kam Bob an, und ich konnte sehen, daß er über das, was er im Sinn hatte – was immer es auch sein mochte –, schon länger nachgedacht hatte.

»Hör mal, Diane, ich wollte dich fragen, ob du mir einen Gefallen tun würdest. Ich habe dir nie davon erzählt, aber ich habe eine Sammlung – ich sammele schon seit einiger Zeit Fotografien von Mösen. Inzwischen wohl an die dreitausend: weiße und schwarze und chinesische, alle möglichen. Ich habe sogar Jane Crawfords Möse. Und da hab' ich überlegt – habe überlegt, ob Duncan vielleicht ein Foto von deiner Muschi machen könnte. Du brauchst nichts zu tun, nur du auf dem Bild, du legst dich hin, machst die Beine breit, und er knipst deine Muschi.«

»Klar«, sagte ich, »warum nicht?« Ich wandte mich an Duncan. »Willst du jetzt gleich?«

»Wenn du nicht zu müde bist«, sagte Duncan, »es ist noch alles aufgebaut.«

Ich legte mich auf die Couch, Joe schaltete die Scheinwerfer ein, Bob sah unbeteiligt zu und trank sein Bier, während Duncan den Auslöser betätigte, die Einstellungen veränderte, mich ein wenig herumrückte und wieder fotografierte.

»Ich habe es mit zwei verschiedenen Blenden*öffnungen* versucht«, sagte er zu Bob und lachte schallend über seinen eigenen Witz. »Mal sehen, mit welcher es besser ist.«

»He, vielen Dank«, sagte Bob, als ich mich anzog.

»Oh, nicht dafür«, sagte ich ganz ehrlich. »Ich würde mir eines Tages gerne mal deine Sammlung ansehen.«

»Jederzeit. Vielleicht«, fügte er hoffnungsvoll hinzu, »kannst du den Abzug signieren, wenn Duncan ihn entwickelt hat.«

»Klar doch«, sagte ich, »ich komme zu dir nach Hause und signiere ihn.«

Als ich nach Hause kam, klingelte das Telefon. Es war Petra, die von dem mysteriösen Platz »downtown« anrief, wo sie arbeitete.

»Schätzchen, willst du dir ein bißchen Geld verdienen? Ich habe eine kleinen Job für dich.«

»Sicher«, sagte ich, »alles, außer auf den Strich gehen.«

»Ich habe einen Bekannten hier im Büro, der braucht jemanden, der ihm bei seiner Scheidung hilft. Du mußt gar nichts machen – ich meine, er wird dich nicht belästigen oder …«

»Du meinst, ich muß nicht mit ihm ficken.«

»Genau, Schatz, nichts dergleichen, du mußt nur gesehen werden und – es ist wirklich etwas kompliziert; hast du Lust dazu? Ich gebe dir seine Telefonnummer.«

»Ich glaub schon«, entgegnete ich, »soweit ich das überblicke.«

Am nächsten Tag fand ich mich in einem Taxi wieder, das die Fifth Avenue entlangsauste, es ging in den vornehmeren Teil der Stadt. Portiers näherten sich aufmerksam – ich nannte das Losungswort, und sie wurden liebenswürdig. Fahrstühle öffneten und schlossen sich lautlos. Ich watete über feudale Teppiche durch lange, gespenstische Gänge.

»Mr. Vandenberg wird gleich da sein«, sagte das Zimmermädchen in ihrem Beinahe-Schwedisch und ließ mich in einem Raum mit unbequemen Stühlen, Blumen und noch unbequemerer Kunst zurück. Dann kam Mr. Vandenberg, und plötzlich verstand ich, wo ich war.

Wir stellten uns einander vor und gaben uns die Hand. Er sah mir nicht in die Augen.

»Ich werde Ihre Zeit nicht lange in Anspruch nehmen, Miss di Prima«, sagte er trübsinnig, »wenn Sie bitte hier entlang kommen würden.« Ein gepflegter Berliner Akzent.

Wir gingen in ein dämmriges Schlafzimmer, schwere Gardinen bauschten sich über hohen Fenstern, wie in einem Film aus den Dreißiger Jahren. Ich zog sie ein klein wenig beiseite und schaute hinaus. Central Park breitete sich unter uns aus, voller Sonnenschein, die Erinnerung an einen anderen, grüneren Planeten.

Mr. Vandenberg erinnerte sich plötzlich seiner Pflichten als Gastgeber. »Möchten Sie etwas trinken?«

»Nein, lieber nicht«, sagte ich. »Aber sagen Sie mir doch bitte, was ich tun soll.«

Er haspelte es herunter.

»Fein«, sagte ich. »Und, Mr. Vandenberg, auch wenn es etwas kleinlich ist, dieses delikate Thema anzusprechen, aber Miss Vegas sagte mir, daß die Vergütung meines – Dienstes – sich auf ...«

»Einhundert Dollar«, sagte er und schaute traurig zur Seite. »Ist das in Ordnung?«

»Ja«, sagte ich, »ich denke schon. Können Sie mir die Hälfte vorab geben?«

Mr. Vandenberg griff nach seiner Brieftasche und zog eine Einhundertdollarnote hervor.

»Darauf war ich nicht vorbereitet, Miss di Prima, ich habe es nicht kleiner. Lassen Sie mich gleich alles bezahlen; das erspart uns weitere Peinlichkeiten, und wir müssen den geschäftlichen Teil nicht unter den Augen der Freunde meiner Frau abwickeln.«

»Vielen Dank«, sagte ich, »und wo wir gerade dabei sind, sollten Sie nicht lieber Diane zu mir sagen? Ich meine, wo Sie mich doch ziemlich gut kennen sollten, und so weiter.« Man sah nicht viel, weil es im Schlafzimmer so düster war, aber ich hätte schwören können, daß er errötete.

»Vielen Dank, Diane«, sagte er so galant wie möglich, »bitte sagen Sie Wolfgang zu mir.« Er schaute auf seine Uhr. »Meine Frau und ihre Freunde werden in genau zehn Minuten hier sein, wenn Sie deshalb so freundlich wären, sich jetzt auszuziehen ...«

»Vollständig?«

»Wenn Sie keine ernsthaften Einwände haben, wäre es besser, wenn Sie sich ganz ausziehen würden.« Er deutete eine Verbeugung an und verließ den Raum.

Ich zog alle meine Kleider aus, faltete sie zusammen und legte sie unauffällig auf einen Stuhl. Nach kurzer Überlegung nahm ich einen Strumpf aus dem Stapel und ließ ihn unübersehbar über die Seite des Stuhls baumeln; den Stuhl schob ich näher an das Bett heran – nah genug, um auf das Bild zu kommen. Meinen BH warf ich auf den Boden. Schließlich, dachte ich, sollte das Ganze doch wenigsten, einen Hauch, wenn auch nur einen Hauch von Wirklichkeit haben.

Mr. Vandenberg kam in einem Bademantel aus seinem Umkleidezimmer. Er sah noch gequälter aus. Seine Augen ruhten einen Augenblick auf dem BH und dem Strumpf, aber er schwieg. Dann öffnete er die Vorhänge und schaltete das indirekte Licht über dem Bett ein.

»Sie müssen entschuldigen«, sagte er, »aber sie brauchen Licht für die Bilder.«

»Natürlich«, murmelte ich, kuschelte mich in die unglaublich weichen Laken und dachte kurz daran, wie gerne ich ein Nickerchen gemacht hätte.

»Macht es Ihnen etwas aus«, sagte er, »wenn ich etwas trinke? Ich habe das Bedürfnis, meine Nerven zu beruhigen.«

»Überhaupt nicht«, ließ ich ihn wissen, »nur zu.«

Er klingelte nach dem schwedischen Dienstmädchen, das sofort mit einem großen Glas Scotch auf Eis auftauchte. Er sah traurig ins Glas.

»Ich kann Ihnen gar nicht sagen, wie dankbar meine Frau und ich Ihnen sind, Miss di – äh – Diane. Die Scheidungsgesetze sind in diesem Staat so streng – so unglaublich streng.«

Er schüttelte seinen Kopf, fuhr mit der Hand durch sein Toupet und nahm einen Schluck Scotch. Dann schaute er wieder auf die Uhr und setzte sich abrupt auf die Bettkante.

»Verzeih«, sagte er, »aber wir müssen mehr wie Liebhaber aussehen.«

Er zog die Decke von meinen Schultern und entblößte eine Brust. Er ordnete mein Haar auf dem Kissen, beugte sich über mich, nahm meine Hand in seine beiden.

Wie auf ein Stichwort öffnete sich die Tür. Eine gutaussehende Frau von etwa Vierzig stand im Eingang. Drei andere Leute waren hinter ihr zu sehen. Einen Augenblick lang stand sie da, als sei sie schockiert, dann wandte sie sich an den Nächststehenden.

»Oh«, sagte sie in dem gespreizten Tonfall einer schlechten Schauspielerin, »siehst du das?«

»Was?« fragte der dünne, nervöse junge Mann in einem pfirsichfarbenen Anzug.

»Diese Frau und Wolfgang, in *meinem* Bett!«

Das war nun wirklich nicht ganz zutreffend, aber alle erklärten, sie hätten es gesehen. Sie quetschten sich in den Raum, der dritte der jungen Männer hatte eine Kamera. Er benutzte sie. Wolfgang, der sich die ganze Zeit nicht gerührt hatte, wandte der Kamera jetzt sein Profil zu. Der Freund machte noch ein Foto. Wolfgang sagte, »Simone, Liebes, es tut mir leid.« Simone hob ein Taschentuch an ihr Gesicht. Simone steckte das Taschentuch weg. Simone legte eine Hand auf Wolfgangs Schulter. Simone starrte mich gefühlvoll an.

»Sie sind zum Mittagessen eingeladen«, sagte sie.

»Danke«, antwortete ich.

Alle drängten aus dem Zimmer; ich stand auf und zog mich wieder an, schob den funkelnagelneuen Hundertdollarschein tief in meine Tasche und wunderte mich über die verschlungenen Pfade des Gesetzes.

Stadt Frühling

Meine neue Behausung begann sich zu füllen, wie das halt immer passiert. Eine Ansammlung von Außenseitern – heimatlose Seelen ohne besondere Eigenheiten –, über die ich nicht viel mehr sagen konnte, als daß sie nicht langweilig waren, schlief auf dem Fußboden oder mit mir in dem breiten Doppelbett. Zu viert war es dort noch einigermaßen gemütlich, und dabei entwickelten sich die zarten Schattierungen unserer vielschichtigen Beziehungen. Ich erinnere mich, daß zu einem bestimmten Zeitpunkt folgende Seelenverwandte im Haus ein und aus gingen: der Rothaarige Lauren, der Junge Jack, Henry mit den großen Ohren und Ausreißer-Julie.

Der Rothaarige Lauren war ein ganz besonders degeneriert aussehender (und sich benehmender) junger Mann von Mitte Zwanzig, der möglichst junge Exemplare der Spezies Mensch auflas und mit ihnen experimentierte – sowohl physisch wie auch psychisch. Ihn ließ ich nie in mein Bett. Er kotzte mich an. Aber weil er ein Freund vom Jungen Jack war, wohnte er trotzdem einen knappen Monat hier.

Der Junge Jack war sehr schön, hatte große blau-grüne Augen, eine offen sanftmütige Art, große kräftige Hände und einen gutgebauten Körper. Er war ein toller Liebhaber, wollte oft vögeln und war fünfzehn Jahre alt. Ich weiß noch, daß ich in der Nacht, als ich sein Alter herausfand, durch ein Wechselbad der Gefühle ging; ich war achtzehn, fast neunzehn – betrieb ich Kinderschändung? Aber ich beschloß, daß mir das egal war, und nahm, was ich bekam. Ich gewann Jack sehr lieb – er gab mir die Möglichkeit, sowohl meine sexuellen als auch mütterlichen Aspekte auszutoben, eine Chance, die man, besonders mit achtzehn, in dieser Welt nicht häufig geboten bekommt.

Jack war fürs Vögeln geboren. Ich habe nie vergessen, wie er mich ritt, begierig und selig, ich erinnere seinen zarten Mund und den wohlgeformten Schwanz, der mich so gut ausfüllte, so tief berührte und das schwarze Feuer durch alle Glieder bis in die Haarwurzeln sandte. Oder wie er mich leckte, seine Knie an den Seiten meines Kopfes; sein salziger Schwanz füllte meinen Mund, der muffige Geruch der Haare, seines Arsches, meine Nase. Wir bildeten eine kosmisch geometrische Form, stöhnten gemeinsam in die Dunkelheit, und nicht selten schlief daneben zusammengerollt ein anderer, leckte und küßte im Halbschlaf Brüste und Hintern wahllos von wem oder was auch immer in Reichweite war.

Als der Junge Jack und ich irgendwann nachts von einer ziellosen und fröhlichen Frühlingstour durchs Village zurückkamen, fanden wir Lauren vor der Tür – ich hatte ihm einen Hausschlüssel gegeben –, wo er an einem mageren knabenhaften Mädchen mit Schmollmund, Koboldfrisur und großen braunen Augen herummachte und halb auf ihr lag. Ihre Kleidung verriet, daß sie aus Mittelklasse-Queens kam, ihre Angst zeigte, daß sie neu in der Szene war. Ich ließ sie ein, und so stieß Ausreißer-Julie zu unserer Menage. Sie schlief mit Jack und mir im Bett, beteiligte sich an unserem Vorgeplänkel und ließ sich auch manchmal von mir an den Rand eines schnellen kleinen keuchenden Orgasmus bringen – aber mehr erlaubte sie nicht. Für den egomanischen Lauren war dies eine besondere Herausforderung, und er bot all seine (wie er dachte) gewaltigen Verführungskünste auf: Er zeigte ihr die Inlokale im Village, las ihr Freud vor, füllte sie bis oben hin ab mit seiner eigenen verqueren Philosophie – einer Mischung aus Aleister Crowley und Karl Marx – aber das nütze alles nichts. Julie blieb ihren Träumereien treu, und die galten ausschließlich Village-Schwuchteln, deren Homosexualität so offenkundig war, daß sie bei ihnen nichts zu befürchten hatte. Da konnte sie ihr verträumtes Ich sein – ein Kind unter Kindern.

Ich weiß nicht mehr, wann oder wie Henry mit den großen Ohren dazukam. Er war ein zerstreuter Brummelkopf und die Sanftmut in Person, dazu ein Mathematikgenie – das Forschungslabor für Elektronik an der Columbia Universität hatte ihn gelangweilt und er war einfach gegangen. Seine einzigen Leidenschaften und sein Lebensinhalt waren Kokain und Indische Philosophie, und beiden frönte er ausgiebig; er war klein und unauffällig, sein Alter wegen der schäbigen Kleidung schwer schätzbar, und er beanspruchte nicht mehr als eine leere Ecke für sich. Wir alle liebten ihn – jeder, hätte er seine Anwesenheit bemerkt, hätte ihn geliebt! Henry schlief, wo immer es sich gerade ergab – Bett oder Boden – er kuschelte sich einfach an einen von uns und fiel sofort bei unseren bewegten Liebesspielen in Tiefschlaf.

Henry war klein, aber gut ausgestattet, mit einem langen, schlanken, schöngeformten Schwanz und einem geschmeidigen Körper. Auf Kokain war sein Durchhaltevermögen enorm. Er konnte – und manchmal tat er es auch – sprichwörtlich stundenlang vögeln, jenseits von Orgasmen und ihren Verheißungen, bis an den Rand des Wahnsinns. Ich ließ ihn gern etwas zappeln, fühlte, wie sein Schwanz an meiner Flanke hart wurde, während ich den Jungen Jack liebevoll und begeistert in den Schlaf ritt. Dann schlüpfte ich vorsichtig unter Jacks hübschem Körper mit der weichen Haut und dem Babyspeck an Hüften und Gesicht hervor – und wandte mich Henry zu, der schon grinsend und mit dem langen Pimmel in der Hand auf mich wartete.

Ich warf ein Bein über ihn, zog ihn mit der Ferse an mich, und sein langer geschmeidiger Schwanz drang ohne Schwierigkeiten in die von meinem und Jacks Saft noch glitschige Möse – wir schaukelten und wiegten uns endlos durch das ganze Spektrum der Lust, während der Junge Jack und Julie tief und fest neben uns schliefen.

Und so flogen die Tage dahin – es war ein kühler, schöner Frühling und die East Side erwachte zum Leben: Es gab immer mehr Wohnungen wie meine, z. B. in der Seventh Street und der East Twelfth. In der MacDougal Street hatte ein Café speziell für die »junge Boheme« eröffnet, Rienzi's: Zwar wurde es wie alle italienischen Espressoläden von der Mafia geführt, aber ohne die entsprechende Klientel. Wir verbrachten dort die langen Nachmittage, lasen und lernten uns kennen, nuckelten stundenlang an einem Espresso für 25 Cent und zeichneten auf Papierservietten. Besoffen von den Geschichten, die wir in unserer Jugend gehört hatten, von *Johann Christof* und *La Boheme*, wollten wir wie sie sein. Und fast hätten wir es auch geschafft.

Eines Tages stolperte der Kleine John in unser Haus – irgend jemand hatte ihm unsere Adresse gegeben, er war krank und brauchte eine Bleibe. Wir nahmen ihn zu uns ins Bett und beobachteten entsetzt, wie das Fieber auf fast 41 Grad stieg. Er warf und wälzte sich die ganze Nacht delirierend hin und her, während wir anderen schlaflos einen Kaffee nach dem anderen tranken und Schach spielten. Am nächsten Tag suchte ich einen guten Freund auf, einen älteren Typ namens Glen. Er war Hafenarbeiter und konnte fast jede Droge besorgen, die man brauchte oder wollte. Ich bekam eine Handvoll Sekonal und verabreichte gleich zwei auf einmal dem immer noch delirierenden John. Er schlief sofort ein. Wir alle schliefen erschöpft ein. Und erwachten, als die Wirkung nachließ und er wieder zu toben begann, und gaben ihm noch zwei Pillen. Am nächsten Tag verrieten rote Schwellungen auf dem Nacken und den Leisten, daß er (wir hatten schließlich alle *Forever Amber* gesehen) Beulenpest hatte. Trotzdem schliefen wir weiter neben ihm. Wir gaben ihm auch weiterhin jeden Tag und jede Nacht eine Pille und wurden nervöser und nervöser. Am dritten Morgen erwachte der Kleine John, offenbar klarer, und verkündete kryptisch: »Wenn ich jetzt Baudelaire lese, dann muß ich kotzen.« »*So nu?*«, dachte ich in New York-jiddischer Verzweiflung und verließ das Haus. Als ich am Nachmittag zurückkam, saß John gesund und munter am Küchentisch. »Ich habe Baudelaire gelesen«, grinste er, »und ich habe gekotzt.«

Eines Nachmittags saß ich mit O'Reilley bei Rienzi's, nippte Jasmintee, las *Die Morgendlandfahrt* und fühlte mich wie eine Schriftstellerin, als der Große Jack auf unseren Tisch zusteuerte, ein zwei Meter großer Mulatte mit glasigen Augen. Er nahm seine Hände aus den Taschen, und wir sahen, daß die Handgelenke ziemlich wüst und zackig zerschnitten waren.

»Meine Taschen«, verkündete er traurig, »sind voller Blut.« »Das glaube ich gern«, sagte ich. Wir gingen mit ihm nach draußen, drehten mit einem Bleistift aus Rienzis Servietten Kompressen, bandagierten ihn mit weiteren Servietten und schickten ihn weg. Aber er kam nicht weit. Wenige Stunden später aßen wir an der Ecke in Minettas Taverne, als er hereinspazierte und todtraurig unsere Namen rief. Wir fütterten ihn mit Suppe und nahmen ihn mit nach Hause. Ausreißer-Julie meinte nur: »Für meinen ersten Selbstmordversuch hab ich mich ziemlich gut gehalten.« Er bekam die Schlaftabletten, die wir noch von Johns Pest übrig hatten und schlief zwischen Henry und mir ein. Julie schlief im Flur, weil sie nicht, wie sie sagte, »neben einer Leiche aufwachen« wollte. Nach zwei Tagen und drei weiteren Selbstmordversuchen schien er sich gefangen zu haben. Wir stopften ihn mit den Resten des Essens voll, das wir vom Chinesen mitgebracht hatten, verkauften Pfandscheine für diverse unserer Besitztümer und besorgten ihm eine Fahrkarte. Der Große Jack stieg in den Bus und fuhr zurück zu seiner Familie in Worcester, Massachusetts.

Die Tage wurden länger. Ungefähr so lang, wie sie werden konnten. Veränderungen stellten sich ein, Sommerveränderungen in New York. Der Junge Jack fand einen temporären Börsen-Job, irgendwo in Indiana. Lauren fand eine Mieze in seinem Alter, die einen Job hatte und einen Magier ganz für sich allein haben wollte; er zog bei ihr ein. Henry mit den großen Ohren machte sich mit zwei Physikern, MIT-Aussteiger, auf, um auf den moderigen Niederungen Brooklyns eine Wellblechhütte zu bauen. Und Ausreißer-Julie ging heim nach Forest Hills.

O'Reilley und ich blieben in der Wohnung, aßen Vollkornbrot und Sandwiches mit Blauschimmelkäse in Erinnerung an Tomi und schrieben in große graue Notizbücher.

Eines Abends ging ich auf die andere Seite der Stadt, um sie im Café Montmartre zu treffen (die Lieblingsbar der Saison, voller Calypsosänger mit goldenen Ohrringen und Conga-Trommeln, und messianischen Malern mit lockigen, schmutzigen Bärten, die ganz außerordentlich tranken und vögelten). Ich kam gerade von der Arbeitssuche und trottete so vor mich hin in einem blauen Kleid und blauen Stöckelschuhen, von denen ich hoffte, daß sie bald abbrechen würden oder sich doch schnell abnutzten. Ein Wagen auf der Straße paßte seine Geschwindigkeit meinen Schritten an, eine Stimme, die mir vage bekannt vorkam, rief meinen Namen, und als ich mich umdrehte, brüllten gleich drei Stimmen: »Willst du mit aufs Land fahren?«

Das Land ist für die Bewohner von New York das Land. Das Land ist überall, ob du die Adirondacks meinst oder die Wüste von Arizona. Das Land ist einfach Nicht-die-Stadt. Land heißt, daß man den Himmel sehen kann, und vielleicht irgend etwas Grünes und nachts vielleicht die Sterne am Himmel. Jeder in New York möchte ständig einen Landausflug machen, ist dort dann tödlich gelangweilt, trinkt so viel wie möglich und fährt mit dem Ausdruck größten Bedauerns in die Stadt zurück. Einen Landausflug wollte ich ganz bestimmt machen. Ich sprang mit Kleid und Stöckeln und allem, was ich hatte, ins Auto, quetschte mich zwischen ein dünnes blondes Mädchen in einem Navajo-Hemd und einen Jungen mit Banjo, und los gings.

Nach Sonnenuntergang kamen wir irgendwo auf einem

Hügel nicht weit vom Hudson an. Überall brannten Freudenfeuer, dazu weicher Gitarrenklang. Schwer zu sagen, wie viele Menschen, vielleicht zweihundert, die sich in kleinen Gruppen in der Landschaft verteilten.

Fröstelnd und ohne Decke setzte ich mich an eines der Feuer und hörte still einer warmen, ungeübten Stimme zu: »*Spanish is a loving tongue*«. Mit dem leichten Wind wehte ein guter, schwerer Duft herüber, den ich als Marihuana erkannte – ich hatte ihn oft genug gerochen, aber noch nie geraucht. Dann wurde mir ein dicker, lose gerollter Joint gereicht, und ich nahm einen Zug.

Der Wind war sanft und mild, leichte Feuchtigkeit und der Geruch von grünem Zeug. Junge Gesichter im Feuerschein, junge Körper warfen lange Schatten. Ein Junge namens Bill Thompson unterbrach seinen Gesang und warf mir eine Decke zu. »Du mußt doch frieren.« Alle anderen hatten Jeans an und kuschelten sich zu zweit oder zu dritt unter Indianerdecken, Afghanmäntel oder Schlafsäcke.

Die Musik setzte wieder ein: »*The south coast is a wild coast and lonely.*« Ein abnehmender Mond ging auf, das blasse Ding spendete so gut wie kein Licht.

Der Joint ging herum und herum und herum. Ich wurde langsam das, was man wohl »stoned« nennt. Ein klares, schönes sich-einstimmen auf alles und jeden, Menschen und Dinge. Hände fühlten überdeutlich Gras und Steine. Vollkommene warme Zufriedenheit und Unbeweglichkeit. Ich ließ meine Blicke über die schattigen Gesichter gleiten, atmete tief, betrachtete den fahlen Mond zwischen den Bäumen.

Der Wind flaute ab. Einer nach dem anderen schlief ein. Dann verstummte auch die Musik. Ich blickte auf und sah

Bills Gesicht, scharf gezeichnet vom Licht des Feuers, direkt vor meinem. Ohne nachzudenken, legte ich die Arme um ihn und zog ihn zu mir auf die Decke. Ohne nachzudenken, entfernte ich die Kleider, die uns trennten, Schicht für Schicht. Zarter junger Körper, dennoch kräftig, wunderbar entspannt, aber begierig. Zarter goldener Schein vom Feuer, den sein Fleisch reflektierte, feines Haar, das im Licht golden schimmerte. Auf der Seite liegend, und ohne meinen Mund auch nur für einen Augenblick von seinem zu lösen, nahm ich ihn in mich auf, nahm seinen großen, rot-goldenen Schwanz, und wir liebten uns unter den Sternen. Liebten uns im Schein des Feuers, umgeben von Wärme, von anderen schlafenden oder vögelnden Paaren, von den Flammen wunderschön modeliert. Liebten uns, und liebten uns wieder, Geruch und Berührung so intensiv wie nie zuvor, unsere Haut war eine einzige flammende Berührung.

Ich schlief ein, seine große Hand auf meiner Hüfte, sein Mantel über uns gebreitet, ein warmer Wind streichelte unser Haar.

Ich erwachte im blauen Licht der Dämmerung, ein paar Vögel unterhielten sich schrill über meinen Kopf hinweg, eine Ameise spazierte auf meinem Arm. Ich bewegte einen Fuß, zog ihn aber gleich wieder zurück: Außer an den Stellen, die durch unsere Körperwärme trocken geblieben waren, war die Decke naß vom Tau.

Ich hob den Kopf und schaute auf den schlafenden Jungen an meiner Seite, der in diesem blauen Licht so anders aussah als in der funkelnden Dunkelheit des Feuers. Ein gutes Gesicht: große Nase, breite Backenknochen; wie seltsam dieser weiße Ton unseres Fleisches, die gold-glühende Haut von gestern hatte sich tief in meine Erinnerung eingegraben. Dann öffnete er die Augen, sehr sehr braun und leuchtend, grinste ein freundliches, glückliches Guten Morgen und rollte sich auf mich ...

Der Tag begann mit leisen Gesprächen und mehr Gras, während die jungen Schläfer, zu zweit oder dritt, aufwachten und sich und den Tag begrüßten. Die Jungs stapften in Bluejeans und Stiefeln herum, teilten sich Zigaretten und suchten Plätze hinter Bäumen zum Pinkeln, während die Mädchen in den Schlafsäcken saßen, Pullover und Bauernröcke überzogen und ihre langen Haare flochten.

Dann kam köstlicher Essensgeruch über den Hügel, und wir gingen ihm entgegen. Gleich neben dem kleinen Bauernhaus hatte jemand ein großes Feuer entfacht, auf dem ein Kessel mit brodelndem Eintopf stand. Billys Vater, der Große Bill, rührte und kostete. Er war groß, schlank, ein Mann in den Vierzigern mit Hakennase, sehr stattlich und irisch, vom dunklen Typ.

Nach dem Frühstück verteilten sich die Leute, um spazierenzugehen, die Hügel zu erforschen oder zum Hudson zu fahren, der nur ein paar Kilometer entfernt war. Billy und ich schlossen uns ein paar Typen an, die angeln gehen wollten. Nach einer kurzen, holperigen Autofahrt kamen wir zu einem seltsamen, wackeligen Holzsteg, der in den Fluß hineinreichte. Dort setzen wir uns hin, rauchten, wurden wieder stoned, beobachteten die Schatten der Wolken auf den Bergen und hielten eher beiläufig eine Angelschnur ins Wasser.

Die Dinger bissen an, immer wieder. Es waren alles Aale. Aale waren das einzige, was in diesem verdreckten Wasser noch existierte. Immerhin war es ein Geschenk. Wir zogen sie heraus, sahen zu, wie sie im Todeskampf zappelten und schleppten alle in einem Kissenbezug mit, als wir zurückfuhren.

Wir fanden eine ruhige Ecke im Wald; während Billy ein Feuer baute, nahm ich die Aale mit dem Messer aus und war meiner brooklyn-italienischen Erziehung dankbar, die mir solche Dinge beigebracht hatte. Dann improvisierten wir eine Art Rost aus grünen Weiden- und Birkenzweigen und grillten sie kurz. Wir aßen im feuchten Moos, hockten auf unseren Fersen und tranken billigen Weißwein, den ein Junge aus einer Tasche gezaubert hatte. Es schmeckte köstlich.

Als wir wieder zum Lagerplatz zurückkamen, hatten sich die anderen um ein großes Feuer versammelt. Auch Musik gab es schon wieder: Erics Banjo und Bobs zwölfsaitige Gitarre waren voll dabei, und zwei oder drei Leute trommelten. Ich legte mich neben Billy, der zu singen begann, und nach einiger Zeit sangen viele Leute, und eine Baßgitarre fiel ein, und die Sterne kamen heraus. Der Große Bill gesellte sich zu uns und grinste schweigend in die Dunkelheit.

Frühling auf dem Land

Es dauerte eine ganze Weile, bis ich in die Stadt zurückkehrte. Am Sonntag abend, als alle dabei waren aufzubrechen, fragte mich Billy, ob ich nicht eine Zeitlang bleiben und bei ihm leben wolle, und ich sagte ja. Ich hatte noch nie auf dem Land gelebt, noch nie dort gewohnt, wo man sein eigenes Gemüse anpflanzt, und ich wollte wissen, wie das ist. Auch konnten Billy und ich wirklich gut miteinander, und da ich schrieb, konnte ich überall sein. Am nächsten Tage sägte ich die Absätze von den Schuhen, borgte mir eine von Billys großen, ausgebeulten Jeans, die ich mit einem Strick auf den Hüften hielt, und fing an, auf dem Land zu leben.

Der Große Bill überließ uns ein kleines, leerstehendes Haus auf dem Gelände, nur für uns beide, und das haute mich wirklich um, denn bis zu diesem Zeitpunkt waren praktisch alle meine Beziehungen zur älteren Generation von Lügen und Ausweichmanövern bestimmt gewesen. Aber der Große Bill war ein Linker der Dreißiger Jahre und glaubte unerschütterlich an die »freie Liebe«; er war mit uns und unserer Szene vollkommen einverstanden und glaubte, wir würden einander guttun – davon abgesehen, daß er mich gern in seiner Nähe hatte.

Er und Billy arbeiteten den Sommer über auf der staatlichen Autobahnbaustelle; sie fuhren sehr früh morgens zur

Arbeit und kamen gegen fünf zurück. Ich stand mit Billy auf und ging hinüber in die Küche des großen Hauses, setzte Kaffee auf, warf eine Handvoll Kartoffeln in die Pfanne und machte Eier und Haferflocken für die Männer. Nachdem sie zur Arbeit gefahren waren, zog ich mich gemächlich an, machte im Haus und in unserer Hütte sauber, jätete ein wenig im Garten, las, schrieb, machte Spaziergänge, hörte Musik aus Bills UKW-Radio. Die Zeit verging sehr schnell, und dann mußten auch schon die Kartoffeln aufs Feuer – jeder der beiden aß drei Kartoffeln zum Abendessen, und je zwei weitere mußten für die Bratkartoffeln am nächsten Morgen gekocht werden. Während die Kartoffeln vor sich hin köchelten, ging ich in den Garten und versuchte herauszufinden, welches Gemüse reif genug für das Abendessen war, zog probeweise eine Rote Beete oder Möhre aus dem Boden. Gemüseanbau war für mich etwas völlig Neues – in meiner Kindheit hatte unser »Sieges-Garten« in Brooklyn nur Tomaten für Tomatensoße hervorgebracht. Bei der Hälfte aller Fälle war ich mir sehr unsicher, was ich da aus dem Boden zog. Ich machte ein paar haarsträubende Fehler, entschied mich aber meistens für Bekanntes; ab und an fragte ich den Großen Bill, aber nicht besonders gern, weil jede meiner Fragen (für mich) völlig ungerechtfertigte Heiterkeitsausbrüche hervorrief.

Außer dem Großen Bill und Billy wohnte auch der Kleine Jack (den wir von der Beulenpest kuriert hatten) hier, und ich merkte, daß es mir wirklich Spaß machte, die Frau für drei Männer zu sein, für sie zu putzen und zu nähen und zu kochen. Von heute aus betrachtet, lag es wohl daran, daß alle drei so hart arbeiteten und deshalb entspannt und unbeschwert nach Hause kamen, zufrieden mit dem Essen waren, zufrieden mit dem Haushalt, und sich einfach freuten, daß eine Frau da war.

Billy und ich trieben es am liebsten morgens. Oft wachten wir auf, bevor es hell war, vom Hunger nach dem anderen aus den Tiefen des Schlafs an die Oberfläche gespült, ein Hunger, der im nächtlichen Traum von den flüchtigen und sanften Berührungen unserer Körper genährt worden war.

Unser Bett stand unter dem Fenster, und wenn ich vor Billy aufwachte, suchte ich zunächst am Himmel nach dem Morgenstern. Wenn er schon da war, streckte ich die Hand nach Billy aus, berührte das glatte Fleisch des Bauches, die Mulde des Nabels; er lag auf der Seite, meine Hand glitt über die breite Brust, Finger streiften seine halb offenen Lippen. Im Erwachen drehte er sich zu mir herum, und ich küßte ihn; ein leichtes Zittern erfaßte meinen Körper, schläfriges Begehren und das Frösteln in der Klammheit des Morgens.

Dann waren wir beide halbwegs wach, große warme Hände griffen nach mir, glitten unter meine Taille und zogen mich näher. Wir ertasteten einander mit langsamen, gleitenden Bewegungen, fast wie im Schlaf, die Träume noch in den Augen; wir nahmen sie mit in den Mund des anderen, wenn wir uns lange und endlos küßten.

Billys Beine waren wirklich schön; ich liebte es, mit der Hand über die Schenkel zu streichen, dazwischen zu schlüpfen, den glatten, muskulösen Arsch zu fühlen. Dann ließ das Zittern langsam nach, und ich wurde warm, mein Körper stemmte sich nicht mehr gegen das Begehren, ich lag feucht und offen, voller Verlangen, und er drang in mich ein. Wir bewegten uns zusammen im Halbdunkel, langsam und lang, genossen unsere Lust, ließen sie vorsichtig wachsen, lagen manchmal rechtwinklig zueinander, manchmal parallel und Seite an Seite, und manchmal, kurz, war Billy auf mir oder ich auf ihm.

Schließlich stieg seine Erregung, er pumpte schneller und schneller, richtete sich auf, zog mich mit, und pfählte mich auf seinen langen, dicken Schwanz; die Beine um ihn geschlungen und die Arme um seinen Hals, sah ich ihm direkt in die Augen, während ich mich auf seinem Schoß und unterstützt von seinen Schenkeln auf und ab bewegte. Als ich kam, fiel ich nach vorn gegen seine Brust, und er stöhnte und stieß und füllte mich mit seinem Lebenssaft.

Dann ließ er sich zurückfallen, die Arme um mich, den Schwanz noch immer in mir; wir lagen bewegungslos, ich nahm die Gerüche des Hauses auf, das feuchte, faulige Holz und die modrige Erde, und langsam wurde es im Zimmer hell.

Und häufig, wenn wir so lagen, der weiche, nasse Schwanz noch in mir, fühlte ich, wie er wieder fester wurde und zum Leben erwachte; dann begann ich, seine großen, schönen Eier zu streicheln und zu glätten. Das Glied rutschte aus mir heraus, halb steif, ich nahm es in den Mund, ich schmeckte meinen Moschus und seine salzige, sanfte Bitternis, meine Zungenspitze suchte die kleine Öffnung seines Schwanzes, meine Finger spielten an seinem Arschloch und unter seinen Eiern, und plötzlich war sein Verlangen wieder da.

Dann drehte er mich um und schob den nassen, schlüpfrigen Schwanz in mein Arschloch und die Finger in meine Möse, so daß ich vollständing von ihm ausgefüllt wurde, auf die kühle, stockig riechende Matratze gepreßt. Meine Hände langten über den Kopf oder nach hinten, um ihn zu streicheln. Er nippelte an meinem Hals und Rücken, stieß einen wirklichen jungenhaften animalischen Schrei aus, und ich glaubte, in der Verschmelzung meines Ichs mit seiner wahnsinnigen, männlichen Begierde regelrecht zu explodieren. Jede Faser meines Fleisches vibrierte, und ich schrie in den stillen Morgen, weiße Lichtblitze im Kopf, ein endloser zweiter Erguß, der mich ausgepumpt und leer zurückließ.

Scheiß auf die Pille: Eine Abschweifung

Bei seiner ersten Fahrt in die Stadt hatte Billy ein paar Pariser gekauft und sie in der ersten Nacht verlegen in unserer Hütte benutzt – auf mein Drängen zum ersten und zum letzten Mal. Ich konnte seine Beweggründe verstehen und achtete sie, aber sie waren einfach lästig. Bis zu diesem Zeitpunkt hatte ich noch nie Verhütungsmittel benutzt. Tatsächlich hatte ich mich während der ersten Jahre, in denen ich die Stadt unsicher gemacht hatte, nie geschützt und wurde auch nicht schwanger. Eine Art jugendliches Charisma hielt die Dinge am Laufen.*

Das einzige Mal, als ich dachte, schwanger zu sein, weil meine Periode zwei Wochen überfällig war, unternahm ich mit einem verrückten Fixer namens Ambrose, einen langen Spaziergang in brennender Sonne (es war Juli) die West Street hinab, an den Lastern und Pflastersteinstraßen vorbei. Wir

* Nota bene: Bitte, Leute, dies ist *keine*, ich wiederhole, *keine* Ermunterung, heutzutage auf Kondome zu verzichten. Mit einer Schwangerschaft zu liebäugeln, ist eine Sache; ein Kind zu haben, kann eine großartige Feier des Lebendigen sein. Mit AIDS zu liebäugeln ist etwas anderes: Es bedeutet schlicht einen schnellen und häßlichen Tod.

kamen zu einem Bootsanleger und nahmen die Fähre nach Jersey City, wo uns eine Gruppe von Jugendlichen nachlief und anpöbelte. Wir kauften Mortadella-Sandwiches im lokalen Feinkostladen, kamen zum Stadtfriedhof und setzten uns auf die Grabsteine, um einander Keats zu rezitieren. Wie das Einhorn auf den alten Wandteppichen kam aus dem Nichts ein großer weißer Hund und legte seinen Kopf auf meinen Schoß, und noch während ich auf dem Grabstein saß, begann die Blutung. Diese Art der Abtreibung kann ich sehr empfehlen, auch wenn ich niemanden kenne, der sie mit oder ohne Erfolg versucht hat. Als es Zeit war, nach Manhattan aufzubrechen, konnten wir allerdings die Fähre nicht wiederfinden, und der Busfahrer, der uns zur Hudson U-Bahn brachte, sagte, sie sei schon seit Jahren eingestellt ...

Später, nachdem ich in die Amsterdam Avenue gezogen war, besorgte ich mir in einer Klinik ein Diaphragma, reichlich beklommen und mit der Lüge, ich sei verheiratet. In dieser eisigen Kaltwasserwohnung kletterte ich dann aus dem Bett, ging in das Zimmer, das »Holzschuppen« genannt wurde, und versuchte, vor Kälte zitternd, das kleine Gummiteil richtig einzusetzen. Und wenn ich dann wieder bibbernd und mit kalten Füßen im Bett ankam, mußten wir wieder von vorne beginnen, mußten uns die doch so einfache und natürliche Leidenschaft *erarbeiten*.

Nun, könntet ihr denken, das ist doch alles Schnee von gestern, heute gibt es ja die Pille, und Frauen können tun und lassen, was sie wollen, sind so frei wie die Männer, und so weiter und so fort. Die Pille, die Pille, die Pille! Ich kann es nicht mehr hören, dieses Gerede, diese Lobeshymnen. Sie macht euch dick, das macht die Pille. Sie macht euch hungrig. Sie spannt eure Brüste, verursacht morgens Übelkeit, verurteilt euch zu dem, was ihr vermeiden wollt, nämlich zum Dauerzustand der Frühschwangerschaft: gedopt und immer kurz davor, zu kotzen oder in Tränen auszubrechen. Und – die Krone der Ironie – ihr habt, trotz aller sexuellen Freiheiten, viel weniger Lust zum Vögeln, weil die Pille eure Lust dämpft. So viel zur Pille.

Dann gibt es da noch dieses nette kleine Spielzeug namens IUP – Intrauterinpessar. Eine lustige kleine Feder aus Plastik, die in deine Gebärmutter gesteckt wird. Das Prinzip, nach dem es funktioniert (glauben sie), besteht darin, die Gebärmutter so verrückt zu machen, daß sie dieses Teil wieder los werden will. Dadurch beschleunigen sich die Vorgänge in deinem Inneren: das Ei durchläuft seinen monatlichen Zyklus in zwei bis drei Stunden, statt der entsprechenden Tage. Nur ein paar Kleinigkeiten stören: Krämpfe, immer wieder Blutungen, ein ständiges Gefühl der Spannung. Außerdem wandert es gern und kann an den verschiedensten Stellen auftauchen, oder auch gar nicht. An diesem klugen kleinen Verhüterli sind zwei Fäden angebracht, die aus deinem Gebärmutterhals heraushängen, und wenn du in deiner Vagina herumstocherst, kannst du prüfen, ob die Fäden noch da sind. Niemand hatte mir gesagt, was ich tun sollte, wenn sie mal nicht da sind. Außerdem läßt das IUP der Natur in diesen zwei bis drei Stunden ihren Lauf, und wenn du schwanger wirst, dann, wette ich, in genau diesem Zeitraum. Eine Krankenschwester hat mir erzählt, daß sie einmal eine Spirale in der Nachgeburt eines Neugeborenen gefunden hat.

Aber was dann? Was bleibt uns dann noch? Bleibt uns das

gute alte Diaphragma, von dem wir alle wissen, wie lästig es ist, und die fast ebenso alten Schaums und Cremes, die angeblich auch *ohne* Diaphragma benutzt werden können und deren Wirkung ziemlich genau zwanzig Minuten anhält, das heißt, du mußt dich ziemlich beeilen und die Uhr immer im Auge haben. Außerdem sind sie triefig und unglaublich klebrig, und mit der natürlichen freudigen Klebrigkeit der Lust mischen sich Gefühl und Geschmack von Chemie – woran man sich, wild entschlossen, gewöhnen kann, für die Ungewöhnten aber ist es unangenehm. Und wenn du noch mal auf Touren kommst und *er* noch mal auf Touren kommt, dann pumpst du in die ganze Schmiere noch mehr Schmiere. Mittelalterlich, würde ich sagen.

Oder wir kriegen halt Babys. Ein Baby hat bestimmte Vorteile, das ist nicht zu leugnen. Ein Vorteil ist, daß man nichts tun muß – man vögelt, wenn man vögeln möchte. Kein Schmierkram, keine Verkrampfungen. Wenn du schwanger wirst, dauern die Unpäßlichkeiten am Anfang zwei oder drei Monate – während sie mit der Pille gar nicht mehr aufhören. Wenn ich schwanger bin, habe ich auch mehr Lust auf Sex und genieße ihn auch mehr; und in den letzten Monaten kommen die Freuden neu entdeckter erotischer Raffinessen hinzu. Und was die Geburt betrifft: ein Baby zu haben bedeutet, sich hinzulegen und es zu bekommen. Nach dem ersten Mal ist nichts einfacher als das – wenn du den Regeln nicht folgst: vergiß Doktoren, Krankenhäuser, Einläufe, das Rasieren des Schamhaars, vergiß »stoische Gelassenheit« und »schmerzlose Geburt« – brüll und drück das verdammte Ding raus. Geht schneller, macht weniger Ärger und Kopfkino als die sogenannten »modernen Geburtsmethoden«. Und um das Geschöpf zu ernähren? Geh zum Sozialamt, hör auf zu arbeiten, bleib zu Hause, bleib stoned, und vögele.

Eine Frau für drei Männer zu sein war eine interessante Erfahrung. Der Große Bill hatte ein Auge auf mich geworfen, aber ich hielt ihn erst mal auf Distanz. Ich wußte nicht, was Billy davon halten würde, wenn ich es mit seinem Vater trieb, und ich mochte ihn zu gerne, um alles zu verderben.

Schließlich geschah es an einem Wochenende, Billy und der Kleine Jack waren auf einer zweitätigen Wandertour. Nach dem Abendessen setzte sich der Große Bill einfach neben mich auf das Sofa und begann, mein Hemd aufzuknöpfen. Seine Bedächtigkeit und Sicherheit waren unaufdringlich, und der männliche Geruch seines Körpers – Schweiß und Erde und Tabak – erregte mich ungeheuer. Von der Vergewaltigung durch Serge Klebert einmal abgesehen, hatte ich es nie mit einem älteren Mann gemacht, und ich war angenehm überrascht. Bills Körper war mager und hart, die ausgeprägten Muskeln wie Stahlstränge unter der weichen, beweglichen Haut. Sein Schwanz war, als ich ihn aus der Arbeitshose holte, dünner, aber etwas länger als Billys. Seine freundliche, welterfahrene Aura erzählte von all den Mösen, in die er eingedrungen war und die ihn weise gemacht hatten. Lange kompetente Finger und geschickte erfahrene Lippen an meiner Brust beruhigten wunderbar. Ich ging auf Reisen mit einem erfahrenen Seemann, der die Route kannte und wußte, woher der Wind wehte. Er ließ mich meine jugendliche Unbeholfenheit und zugleich ihre kostbare Unersetzlichkeit empfinden.

Wir verbrachten eine wunderbare Nacht auf dem Sofa, vögelten und dösten bis zum Morgengrauen. Und als es hell wurde, stolperte jeder in sein eigenes Bett, um noch ein paar Stunden zu schlafen.

Mit dem Kleinen John war das ganz anders. Wir waren beide klein, energiegeladen und zäh, und uns einfach zu ähnlich, um eine Spannung herzustellen. Trotzdem probierten wir es ein oder zwei Mal, nachmittägliche Experimente, wenn Billy und der Große Bill noch bei der Arbeit waren. Sie führten zu nichts, aber beschäftigten uns auch nicht weiter.

Abends saßen wir zu viert vor dem UKW-Radio und lauschten der Welt – der Welt da draußen, die so weit von unserem Bauernhaus entfernt schien, aber urplötzlich unheilvoll Gestalt annahm: nah, tückisch und bedrohlich, wann immer wir den Knopf drehten. Oder wir spielten Schach oder lasen uns gegenseitig Theaterstücke vor. Der Große Bill hatte eine Vorliebe für Amateurtheater, und am liebsten verbrachte er die Abende mit inszenierten Lesungen. Er hatte keine schlechte Stimme und machte seine Sache – ob Shakespeare oder Brecht – wirklich gut; Cocteau fand er zu dünn, aber während Hunderte von Insekten, vom tiefnächtlichen Licht angezogen, an die Fensterscheiben knallten, bombardierte er uns mit Texten.

Ja, es war toll, die Frau für drei Männer zu sein; jeder hatte, jeder wollte etwas anderes, und die Welt verdoppelte, verdreifachte sich, ohne Ende, wie auf einem mehrfach belichteten Foto. Seitdem glaube ich an eine Frau für mehrere Männer, oder an viele Frauen für einen Mann, oder an viele Frauen für viele Männer, dann bleibt alles in Bewegung. Die normale Zweierbeziehung verursacht Platzangst und ist eine Einbahnstraße. Sie mag für ein Wochenende oder einen Monat in den Bergen funktionieren, aber nicht ein ganzes Leben, zumal, wenn beiden klargeworden ist, daß sie so nicht leben wollen. Endlose Ansprüche, mühsame Phantasien im Kampf gegen die Langeweile, langsam und unerbittlich fällt der Vorhang über Gottes unendlichen Horizont, wie die rotglühenden Wände in Poes Erzählung »Brunnen und Pendel« sich schließen, ein Eingepreßtsein, das alles Leben erstickt.

Im Mittelalter war es der Keuschheitsgürtel – aber mit einer Metallsäge konnte man damit zurechtkommen. In der Generation meiner Eltern war es die Ehe (und ist es manchmal noch heute); nicht gerade angenehm, aber gesetzlich geregelt und trotz Papierkrieg irgendwie lösbar, aber doch nur ein Kopf der Hydra. Der wirkliche Horror, der Alptraum, in dem die meisten von uns ihr Leben verbringen, ist dieser tief verwurzelte, heimtückische Glaube an die Zweierbeziehung. Die Welt des »das ist mein Alter«. Wenn du mit einem Mann zusammenlebst, stellst du schnell Ansprüche an ihn; wenn du mit fünfen zusammenlebst, hast du dieselben Ansprüche, nur auf fünf verteilt, also ambivalenter, weniger zugeordnet. Wenn einer versagt, übernimmt der andere problemlos, keiner fühlt sich schuldig oder überfordert, keiner steht mit dem Rücken zur Wand, weil er oder sie seine oder ihre Forderungen nicht erfüllen kann.

Ich erinnere mich, in einem Buch der großen Forschungsreisenden Alexandra David-Néel gelesen zu haben, daß einst in Tibet sowohl Polygamie und Polyandrie uneingeschränkt erlaubt waren; über die damit verbundenen sozialen Strukturen würde ich gern mehr wissen, ob es funktionierte, wie man es förderte, wer mit wem zusammenlebte. Auf den Fotografien sehen die Frauen schön aus, starke, freie, in sich ruhende Geschöpfe. David-Néel schrieb, daß auch die Frauen Land besitzen und Geschäfte führen; und die Männer – nun, diese Männer haben gemeinsam mit den Frauen eines der wildesten magischen Systeme geschaffen, die dieser Planet gesehen hat.

Es ging gut in dem Bauernhaus am Hudson River, weil wir uns ergänzten. Der Große Bill war für meinen Kopf zuständig – seine Größe und seine ungebrochene Selbstsicherheit gaben mir Ruhe und Geborgenheit, wie ich das nie in meinem Leben gespürt hatte, seine Galanterie vermittelte mir das Gefühl, schön zu sein. Billy war mein Freund im Fleische und ein guter Kumpan, wir hatten vieles gemeinsam; ob Wandern, Unkrautjäten oder Vögeln – ich stand ihm in nichts nach, unsere Lebensenergien paßten zusammen. Und der Kleine John war Bruder und Freund; ich hörte das Echo meiner Paranoia in seinem Kopf, und er fand seine Geheimnisse in meinen Gedichten. Viele unserer Schachpartien endeten mit einem Patt.

Dieses Leben war so anders als alles, was ich vorher gekannt hatte: die Stille der langen Dämmerstunden, die wir im kahlen, schäbigen Wohnzimmer auf dem verwohnten Sofa und den plumpen Stühlen verbrachten, Grasjoints herumgehen ließen und warmherzige, lakonische Sätze murmelten. Billy sang manchmal für uns; der Große Bill erging sich in Erinnerungen, erzählte Anekdoten von Woody Guthrie oder rasselte die Namen aller Gangster New Yorks der Kriegsjahre runter, bis wir es nicht mehr hören konnten; und der Kleine John kritzelte in sein Notizbuch und kaute seine Nägel kahl. Ich gewöhnte mich an diesen epischen, großzügigen Rhythmus, und zuweilen glaubte ich nie etwas anderes als diese Zeitlosigkeit gekannt zu haben, die die Tage in das grüne

Licht des Gartens und die Nächte in das goldene der Öllampe tauchte. Ich verlor mich in meiner neuentdeckten Rolle als Frau, die durch mein Geschlecht definiert wurde: Kochen und Flicken, Bemuttern und Vögeln, die Aufgaben der Frau in diesem Spiel – und ich war zufrieden.

Aber die Tage wurden langsam und unmerklich kürzer, das Gras wurde braun, und mit den ersten Grillen kam die Rastlosigkeit, die Sehnsucht nach der Schnelligkeit und der Härte der Stadt, den Spielen und Streitereien, dem ewigen zwischenmenschlichen Geknister – all das, was New York damals für mich bedeutete. Ich erwischte mich dabei, wie ich plötzlich auf Verkehrsgeräusche lauschte, oder mich daran erinnerte, wie die Musik von »Bird« klang, wenn sie in einer Nachbarwohnung auf einem billigen Plattenspieler lief, und ich wußte, es war Zeit, sich auf den Weg zu machen. Ich verabschiedete mich von Billy bis zum Herbst – dann würde er wieder in New York sein –, gab ihm seine ausgebeulten Jeans zurück und zog meine Bürokleider an. Der Große Bill fuhr mich zu einer Busstation, und nach einer Stunde war ich wieder in New York.

Sommer

Man kehrt niemals wirklich zu etwas *zurück*, aber es dauerte ziemlich lange, bis ich das verstanden hatte ...

Als ich an der 40th Street und Eighth Avenue aus dem Bus stieg, war das wie die Ankunft in einem fremden Hafen. Die Stadt, dampfend und tropisch, hallte wider von Musik: Gitarren, Mundharmonikas, hier und da ein Saxophon; Radios plärrten, Kinder spielten im Dunkeln, Frauen unterhielten sich auf den Gehwegen, in Hauseingängen, oder riefen sich von Fenster zu Fenster etwas zu. Die Nacht ging schwanger mit Lust und Gewalt, und kleine, dunkle Männer stolzierten lautlos einher. Die Welt der Bratkartoffeln und der Straßenarbeit, die ich vor gerade mal eineinhalb Stunden verlassen hatte, war ein weit entferntes Universum, und doch war es das gleiche, genau das gleiche – ein Gewusel in der Dunkelheit.

Richtung Downtown waren die Straßen voll von jungen Leuten, die es während der Sommermonate ins Village verschlagen hatte. Die Trommeln vom Washington Square konnte man schon einige Querstraßen vorher hören, und wenn man sich unter die Menge um den Brunnen mischte, sah man junge Männer, barfuß und nackt bis zum Gürtel, und junge Frauen, die die Röcke hochgerafft hatten, in der schwülen Nacht hüpfen und tanzen.

Ich hatte kein Gepäck und keine Bleibe. Die Wohnung

waren wir los, weil in meiner Abwesenheit keine Miete gezahlt worden war, und O'Reilley hatte meine Sachen – hauptsächlich Bücher – in der West 10th Street bei einem kleinen Straßenstricher und Ballettänzer namens René Strauss untergebracht. Ich gesellte mich zu den Jungs und Mädels am Brunnen, tanzte und klatschte in die Hände, begrüßte Freunde und Bekannte, hörte, was es Neues gab. Schließlich zerstreute sich die Menge, die Musiker gingen nach Hause, und ich machte mich auf den Weg zu René und fiel ins Bett.

Die nächsten Tage verbrachte ich damit, die Szene auszukundschaften. Die Stadt war ziemlich voll; es gab praktisch keine Wohnungen, und bevor ich jemandem auf die Nerven fiel, schlief ich lieber im Park.

Zu dieser Zeit gab es noch keine Verordnungen, die den Zugang zu den Parks regelten, und es gab keine Sperrstunde. Gegen zwei Uhr morgens hatten die üblichen Folksinger, Schwulen und kleinen Mädchen aus New Jersey auf Anmachtour den Washington Square verlassen, und ich konnte mich auf die Stufen des Brunnens legen und friedlich schlafen, bis ich in der Dämmerung vom Parkwächter geweckt wurde. Er kehrte mit seinem großen Besen mein Bett weg und ging weiter; ich tauschte mit dem halben dutzend Leute, die ich alle nicht kannte und die dieses Quartier mit mir teilten, verschlafene Grüße aus, dann legten wir uns wieder aufs Ohr, bis der Park sich so gegen zehn füllte.

Etwa acht Leute schliefen regelmäßig am Brunnen, vier bis sechs jede Nacht; wir alle lernten uns ganz gut kennen, soweit das Stimmung, Gewohnheiten und die Aura zuließen, aber wir sprachen nie miteinander. Die Intimität des Ortes, den wir teilten, und die Gesetze des Coolseins, die damals galten, ließen es als unangemessen erscheinen, einander beim Namen zu nennen oder mehr zu sagen als einen kleinen Gruß zum Morgen. Es wäre aufdringlich gewesen, Kopf und Terrain eines anderen mit sinnlosem Geplapper und Konversation vollzuquasseln, und das unvermeidliche Ausbreiten der Gefühlswelten hätte dazu geführt, den Raum, den die Indifferenz der Stadt – welch kostbares Geschenk! – jedem von uns gab, zu zerstören. Gegen Zehn stand ich auf, streckte mich, sah mich um und las noch eine Stunde, bis ich richtig wach war. Dann stopfte ich meine Habe in einen Diplomatenkoffer, der mein mobiles Zuhause war und einen Regenmantel, Zahnbürste, Notizbücher, Stifte und Unterwäsche zum Wechseln enthielt, und zog zur Chinesischen Wäscherei am Waverly Place. Dort hatte ich meine Kleidung deponiert, jedes Stück unter einer eigenen Nummer: Eine Nummer für eine Hose, eine andere für ein Hemd. Ich löste eine der Nummern ein und schlenderte dann, bepackt mit Koffer und Wäschepaket, rüber zu Rienzi's, dem italienischen Café, das um Elf öffnete. Dort bestellte ich Frühstück, gewöhnlich etwas Süßes und einen Espresso; manchmal raffte ich mich auch zu Eiern und Englischen Muffins auf oder sogar Würstchen oder Schinken. Während meine Bestellung unterwegs war, ging ich zur Toilette, die sich im Untergeschoß versteckte, eine stinkende, feuchte Treppe hinab, an deren Wänden das Wasser runterlief, und durch einen Gang, der direkt aus *Der Graf von Monte Christo* zu stammen schien, zu einem kleinen, engen Raum, der glücklicherweise einen Anflug von Sauberkeit zeigte. Dort putzte ich mir die Zähne, wusch Gesicht, Hände und Füße und wechselte die Kleidung; die schmutzige kam in eine Papiertüte, die ich dafür im Koffer hatte. Ich fuhr einmal mit der Bürste durchs Haar und steckte es hoch, und da ich mich jetzt wieder halbwegs menschlich fühlte, tastete ich mich über die Treppe zurück zu meinem Frühstück.

Es ist ein großes Vergnügen, in einem gemütlichen, nicht überlaufenen Laden zu sitzen, guten starken Kaffee zu trinken und zu lesen; deine Freunde kommen und gehen, allmählich ist Mittag, und du schreibst das eine oder andere Wort in dein Notizbuch. Ich blieb, solange ich konnte, meistens ein paar Stunden, bevor ich zu meiner nachmittäglichen »Arbeit« aufbrach. Der Mann, an den Duncan Sinclair seine Fotos verkauft hatte, ein Porno-Tycoon namens Nelson Swan, war aufgeflogen, und der Markt war im Augenblick tot; aber es war einfacher und netter, wenn auch deutlich weniger lukrativ, für einige der älteren Maler zu arbeiten – Maler, die ein oder zwei Generationen älter waren als die Abstrakten Expressionisten und immer noch Modelle wollten.

Es waren sanfte, freundliche Leute, die in den zwanziger Jahren aufgewachsen waren und in einem Stil malten, der in den Dreißigern »Sozialer Realismus« genannt wurde; Leute mit einem traurigen, sehnsüchtigen Gespür für die Veränderungen, die die Welt seit ›ihren Tagen‹ durchgemacht hatte, und die mit einer hartnäckigen, freundlichen Entschlossenheit herauszufinden versuchten, worin diese Veränderungen bestanden. Die meisten von ihnen waren zu Fuß vom Washington Square zu erreichen, und auf dem Weg zu ihnen gab ich die Tüte mit der Kleidung von gestern in der Chinesischen Wäscherei ab. Im Atelier von Moses Soyer plazierte ich mich auf einem hohen Stuhl oder legte mich auf eine Couch, während seine Frau plappernd und geräuschvoll hin- und herlief und Moses mir Klatsch über seine anderen Modelle erzählte:

wer ein Kind bekam, wer nach San Francisco umzog – man fühlte sich fast wie im quälenden und gequälten Paris des 19. Jahrhunderts, die verwegenen und schillernden Gestalten aus *La Bohème* schienen jeden Augenblick durch die Tür zu kommen. Mit zwei Stunden Modellstehen verdiente ich genug, um mir ein Abendessen, das Frühstück am Morgen und die nächste Runde Kleidung aus der Wäscherei leisten zu können, und da ich keine anderen Bedürfnisse hatte, kam ich mir reich vor.

Im Laufe der Zeit gesellten sich, wie von selbst, einige Bequemlichkeiten dieser Routine hinzu: Ich traf Victor Romeo, einen jungen Fotografen, der Arbeit und eine Wohnung hatte, zu der er mir den Schlüssel gab; dort konnte ich duschen. Gelegentlich hatte ich zwei Jobs an einem Tag, und dann lud ich René oder O'Reilley zum Essen ein; und ich bekam einen Ausweis für die Stadtbücherei von New York, was meine Lesegewohnheiten nachhaltig veränderte.

Dann kam ich eines Tages in die Quixote-Buchhandlung in der MacDougal Street, und Norman Verne, der Inhaber, bot mir einen Job an. Er und seine Frau Gypsy wollten einen Monat lang auf den kanadischen Seen Kanu fahren und ob ich Lust hätte, so lange den Laden zu führen? Der Laden hatte ein Hinterzimmer, eine Küche, komplett mit Herdplatten und Kühlschrank, und es gab ein Feldbett, das man dort aufschlagen und somit verhältnismäßig luxuriös schlafen konnte. Der Regen und die Stürme der letzten Augusttage hatten bereits eingesetzt, und der Park war längst nicht mehr so angenehm und bequem, wie er mal gewesen war. Also sagte ich zu, gab meinen Malern ein paar Tage vorher Bescheid und zog, nachdem Norman und Gypsy aufgebrochen waren, mit Diplomatenkoffer und allem ein.

Nachdem die beiden abgefahren waren, stellte ich fest, daß auch ein Junkie zum festen Inventar des Ladens gehörte: ein sehr schöner, geisterhaft blonder Junge namens Luke Taylor, der eine schwermütige Bluesgitarre spielte und jede Menge Heroin schoß – »Äitsch«, wie wir damals sagten. Ich hatte Luke schön häufiger da und dort im Village gesehen – er war regelmäßig auf den »rent parties«, die samstags abends in einem Loft zwischen der Twentieth Street und Seventh Avenue stattfanden –, und ich interessierte mich für ihn vom ersten Augenblick an, da ich ihn singen hörte. Sein supercooles, verwahrlostes Aussehen – die flache, gebrochene Nase, seine müden grünen Augen, das verhärmte Junkiegesicht mit dem verzogenen Mund – trafen mich ins Mark und weckten das Verlangen, sein fröstelndes Fleisch zu berühren, zu streicheln, irgendwie zu wärmen. Damals war ich in Luke verliebt, und das sollte noch eine Weile so bleiben.

Am ersten Abend, an dem ich auf den Laden aufpaßte – er öffnete um vier Uhr nachmittags und schloß wegen der Touristen erst mitternachts – stand ich im Eingang und schaute mir das Hin und Her auf der MacDougal Street an. Das Village war im Laufe des Sommers härter geworden. Mitte der fünfziger Jahre wurden die Italiener, die südlich der Bleecker Street lebten, zunehmend sauer über den gewaltigen Zustrom an »Neuen Bohémiens« (das Wort »Beatnik« gab es noch nicht), und revanchierten sich mit Überfällen und Streifzügen in dem Gebiet, das wir traditionellerweise als unser Territorium betrachteten: die Straßen nördlich der Bleecker. Man muß zugestehen, daß aus ihrer Sicht *wir* die Eindringlinge waren, die *en masse* in ihr Revier drängten. Die großen Maklerfirmen hatten uns rund um die Sullivan und Thompson Street viele neue Wohnungen vermittelt; sie waren billig, wie geschaffen für die Village-Szene und im Herzen des italienischen Viertels. Dorthin strömten, ohne sich weiter Gedanken zu machen, die Jungen und Mädchen des neuen Village: Männer in Sandalen oder einfach barfuß, die manchmal Schmuck trugen, Mädchen mit aufwendigem Augen-Make-up, die mit mehr als nur einem Mann zusammen waren, geradeheraus Schwule und – das größte Verbrechen in den Augen dieser Arme-Leute-Italiener – gemischtrassige Paare.

Das Polizeirevier befand sich in der Tammany Hall; Tammany lag im Herzen des italienischen Viertels, und so neigte die Polizei dazu, über die Eskapaden der italienischen Jugendlichen hinwegzusehen. Nur zwei Tage zuvor hatte ich auf dem Washington Square gestanden und beobachtet, wie ein Polizeiauto langsam vorbei und weiterfuhr, während etwa zwanzig junge Männer François, einen stillen, blassen Mischling von den Bahamas, in einen Rohbau verfolgten. Die zwanzig Schläger liefen auf dem leeren Platz neben der Baustelle herum, brüllten Obszönitäten und trauten sich nicht in das Gebäude, bis einer den Schlachtruf »Holt ein Rohr! Holt ein Rohr!« anstimmte und die anderen einfielen. Das Polizeiauto entfernte sich langsam von diesem blutrünstigen Geschrei, ohne ihm weitere Beachtung zu schenken. François, den ich entfernt kannte, war am Sommeranfang ins Village gekommen und hatte ein Verhältnis mit Linda, einem hübschen, weißen, sechzehnjährigen Mädchen.

An diesem Abend jedenfalls stand ich auf den Stufen meines Ladens und sah zu, wie drei junge Schwule von den

»Spaghettis« zusammengeschlagen wurden. Eine nicht ungewöhnliche Abendunterhaltung. Es waren viele Menschen unterwegs, um die kühle Brise und milde Sommerluft zu genießen. Die drei jungen Männer flüchteten in einen Hauseingang, zwei Häuser von dem Laden entfernt. Geräusche einer Schlägerei und Schreie. Dann kam die Polizei. Mutig drang sie in das Gebäude ein, nahm die drei Schwulen fest und fuhr davon. Drei Minuten später tauchten die jungen Schläger wieder auf und setzten ihren Spaziergang um den Block fort.

Jemand kam in den Laden und fragte nach *The Vestal Lady on Brattle*, dem ersten Gedichtband von Gregory Corso, der vor kurzem herausgekommen war. So etwas wie »Beat-Lyrik« gab es noch nicht, es war einfach ein Gedichtband. Nachdem der Kunde gegangen war, schnappte ich mir ein Exemplar und setzte mich zum Lesen in den Eingang. Ich war tief in Gregorys eigentümlich schöner Welt, als Luke auftauchte, die Gitarre in der Hand.

»Wo ist Norm?« fragte er heiser. Seine Stimme war immer heiser, nicht mehr als ein Flüstern mit diesem besonderen rauhen Ton, der vom Heroin kommt.

»Weg«, sagte ich, »vier Wochen. Camping mit Gypsy in Kanada.«

Luke murmelte etwas Obszönes, schickte sich an zu gehen, drehte aber wieder um und setzte sich neben mich auf die metallenen Stufen.

»Du paßt auf den Laden auf?« fragte er.

Ich nickte.

»Schläfst du hier?« bohrte er weiter und kam damit so langsam auf den Punkt.

Ich nickte wieder. Supercool – ich auch.

»Oh«, sagte er. Einige Minuten saßen wir schweigend und beobachteten die Straße.

Dann sagte er: »Ich hab da im Hinterzimmer gewohnt. Hat dir Norm das nicht gesagt?«

Nein, Norm hatte mir gar nichts gesagt – entweder, weil er Luke mehr auf Distanz halten wollte und hoffte, ich würde ihn loswerden, oder aus welchen Gründen auch immer, ich wußte es nicht.

»Nein«, sagte ich, durchaus überrascht. Ich hatte mich ziemlich darauf gefreut, dieses kombinierte Küchen-Schlafzimmer ganz für mich allein zu haben, Kleinigkeiten zu kochen, herumzuwerkeln, den Plattenspieler laufen zu lassen: Zuhause spielen, so als wäre es mein eigenes, ganz allein meins. Wenn man eine Weile auf der Straße gelebt hat, wird eine eigene Wohnung zum Gipfel des Luxus.

Ich sagte nichts, war aber sicher, daß Luke mich denken hören konnte; Menschen entwickeln diese besondere Art der Telepathie, wenn sie ständig auf das Wohlwollen anderer angewiesen sind. Ich beobachtete ihn aus den Augenwinkeln, und mein Herz flog zu ihm. Ich wollte diese langen, mageren, schmutzigen Finger berühren – wunderbar feingliedrige Hände mit gnadenlos abgebissenen Nägeln. Wie ein Blitz schoß ein stechendes Verlangen durch meinen Unterleib.

»Nein, ich wußte nicht, daß du hier wohnst«, sagte ich leise, »aber wenn du möchtest, kannst du weiter hier wohnen. Ich meine – wir finden bestimmt eine Lösung, die für uns beide paßt.« Ich sah ihn nicht an. »Geh doch einfach nach hinten und stell deine Gitarre weg.«

»Ja«, sagte er; wir sahen uns in die Augen, und er warf mir

ein Lächeln zu. »Ja, danke. Aber jetzt möchte ich mich nur noch hinhauen.«

Ich ging mit ihm nach hinten und half ihm, das Feldbett aufzuschlagen; er warf sich drauf, wollte weder Decken noch Essen und war sofort fest eingeschlafen.

In den Straßen wurde es dunkel, ein paar Leute kamen und kauften Bücher. Ich las die *Vestal Lady on Brattle* zu Ende, aber die ganze Zeit waren meine Gedanken bei Luke im Hinterzimmer. Ich versuchte mir die Nacht vorzustellen.

Schließlich war es Mitternacht, ich schloß die Eingangstür ab und löschte das Licht im Laden. Dann warf ich einen Blick nach hinten; Luke schlief weiterhin tief, und ich beschloß, noch etwas herumzulaufen. Auf den Straßen war es ungewöhnlich still, und nachdem ich geschaut hatte, was im Rienzi's und Limelight los war, fiel mir auf, daß ich noch kein Abendessen gehabt hatte und ziemlich hungrig war, und daß Luke vielleicht auch Hunger haben würde, wenn er aufwachte. Auf der Seventh Avenue gab es einen kleinen Lebensmittelladen, der die ganze Nacht geöffnet war; dort kaufte ich tiefgefrorene Kartoffelpfannkuchen, ein Glas Apfelmus und Coca Cola für eine späte Mahlzeit.

Als ich in den Laden in der MacDougal Street zurückkehrte, war es fast drei Uhr morgens. Ich schloß auf und tastete mich im Dunkeln vor, fand den Kühlschrank und stopfte die ganze Tüte mit den Einkäufen hinein. Das Kühlschranklicht fiel auf Lukes Gesicht, er rührte sich und blinzelte. Er muß eine Zeitlang auf gewesen sein, dachte ich, denn die Kontrollleuchte des Verstärkers leuchtete orange. Ich schaltete ihn aus, schlüpfte aus meinen Kleidern und war mir Lukes Gegenwart nur allzu bewußt, der wach und still im Dunkeln lag.

Ich nahm eine Decke, wickelte sie um mich und legte mich neben ihn auf das Feldbett, fühlte, wie er ein Stückchen rückte, um mir Platz zu machen, fühlte seinen harten, straffen Körper neben mir in der Dunkelheit, seine Kleidung und meine Decke zwischen uns. Er streckte den Arm aus und tastete über mein Gesicht und meinen Nacken, dann drückte er brüderlich meine Schulter.

»Alles klar?« murmelte er, »hast du genug Platz? Ich kann auch auf dem Boden schlafen.«

»Nein«, sagte ich, »mir gehts gut. Und du?«

»Mir auch«, flüsterte er, »ich glaub, mir gehts prima.« Ich konnte sein Lächeln in der Dunkelheit spüren.

Ich mußte eingedöst sein, denn als ich die Augen wieder öffnete war es hell, das graue Licht kurz vor Sonnenaufgang, und Luke lag auf den Ellbogen gestützt, mit der Hand unter dem Kinn und blickte auf mich hinab.

Er lächelte, als ich die Augen öffnete.

»Kannst du nicht schlafen?« fragte ich.

»Ich habe genug geschlafen, glaube ich«; er beugte sich hinunter, ich kam ihm entgegen, und wir küßten uns.

Meine Schüchternheit – die Schüchternheit, die mich immer überkommt, wenn ich mich wirklich für jemanden interessiere – war beim Schlafen verschwunden. Unser Kuß nahm kein Ende, und die Nacht schien zurückgekommen zu sein; meine Hände fummelten im Dunkeln an der Kleidung, die diesen hageren, straffen Körper von mir trennte. Er trug ein rot-schwarzes Flannellhemd, das ich blindlings aufknöpfte und ihm abstreifte und dabei seine Brust leckte und küßte. Aber als ich nach dem Reißverschluß seiner Hose tastete, hielt er sanft meine Hände fest.

»Hey«, sagte er sanft, »hey.« Er wickelte mich aus der Decke, strich mir das Haar aus den Augen und fing an, meine Brüste zu liebkosen und meine Seiten zu streicheln.

Ich schaute auf die dünnen schmutzigen Finger auf meiner Schulter, sah, daß sie zitterten. Ich legte meine Hände über sie und zog sie hinunter zu den Brüsten, hielt sie mit warmem gleichmäßigen Druck, bis das Zittern aufhörte, und schob dann eine Hand zu meiner Möse. Seine Finger legten sich darauf, drückten Kitzler und Öffnung, drangen aber nicht ein; mich machte diese heiße Begierde, die zwar gemildert, aber nicht befriedigt wurde, wahnsinnig. Ich legte die Arme um seine Schultern und zog ihn zu mir, küßte wieder und wieder diesen dünnen, hungrigen Mund, trank die Bitterkeit und die Verletzungen, den kranken Geschmack der endlos einsamen, suchtkranken Morgende, den Zorn und die Kälte hinter der Zurückhaltung, der Schüchternheit.

Der Druck seiner Hand auf meiner Möse wurde stärker, die andere glitt unter mir durch und drückte mich an ihn. Ich küßte seine Lider, die Haut unter den geschlossenen Augen, den Nasenrücken. Saugte an seinen Augenbrauen, glättete die Schläfen und die Mulden seiner eingefallenen Wangen mit den Lippen. Meine Hand schlüpfte in seine Jeans, und er ließ mich gerade lange genug los, um sich herauszuwinden, so daß ich die Handflächen in die Vertiefungen seines mageren Hinterns legen konnte. Ich versenkte einen Finger tief in sein Arschloch, die anderen streichelten die Haut hinter den Eiern. Ich spürte, wie sein Schwanz am weichen Fleisch meines Bauches noch größer wurde. Meine Möse zog sich krampfhaft zusammen, ich war naß und verging vor Verlangen.

Lukes Hand wurde lebendig, er stieß zwei Finger mit langen, sicheren Stößen in meine nasse Möse und bewegte sie langsam und tief, wie der Blues, den er spielte. Ich stöhnte auf, fiel in den Rhythmus des Vororgasmus, wollte diesen Augenblick verlängern, den Saft und das Wesen, das Mark und die Seele aus diesem Mann saugen, den ich schon so lange begehrt hatte. Deshalb rückte ich etwas von ihm ab, die wachsende Erregung verlor ihre Schärfe, und der Nebel klärte sich vorübergehend.

Ich begann, den Finger in seinem Arschloch langsam kreisen zu lassen und mit den anderen Fingern zärtlich seine Eier zu liebkosen. Ich schob die freie Hand zwischen unsere Bäuche und umfaßte seinen Schwanz, hatte das Gefühl, ohnmächtig zu werden.

Es war völlige Hingabe; ich wußte, daß ich ihm ganz und gar gehörte, seinem Hunger, seiner Schwermut, seiner Magie. Ich wollte, daß er mir ein unauslöschliches Zeichen einbrannte zum Beweis, daß ich sein Besitz war, wollte, daß er in all meine Öffnungen gleichzeitig eindrang und mich so fix und fertig und erschöpft zurückließ, wie ich es nie erlebt hatte. Langsam fühlte ich Frieden in ihn einkehren, ich wurde der Boden, der gierig das tief verborgene Samenkorn seiner Freuden fütterte und nährte. Mein ganzer Körper begann zu schmelzen, mit seinem zusammenzuwachsen, während ich die Hand an dem großen, steifen Schwanz auf und ab gleiten ließ, und er schien meine Gedanken zu erraten, biß mich in die Schulter, bis Blut kam und ein Schmerz, der Ekstase war.

Dann legte er sich auf mich, ich warf beide Beine über seine Schultern und fühlte, wie meine Möse sich dehnte, um den riesigen Schwanz aufzunehmen, der mich fast zerriß. Ich konnte es fast nicht ertragen, meine Schreie aus Schmerz und Ekstase erfüllten den kleinen, vollgestopften Raum, mein Kopf rollte auf dem schmalen Bett hin und her, meine Hände zogen ihn immer wieder an mich, während seine wilden, versengenden Stöße mein Innerstes zu durchbohren schienen. Als ich in einer riesigen Flutwelle aus Licht kam, dachte ich, ich müßte sterben, dachte, daß mein Körper diesen Energiefluß nicht aushalten könnte; ich hörte eine Stimme, die den Raum mit kurzen spitzen animalischen Schreien erfüllte, und begriff, daß es meine war; dann wurde mir schwarz vor Augen.

Langsam legte sich das Tosen der Brandung, ließ mich im grellen Licht auf einem weißen Strand zurück. Ich öffnete die Augen und sah in Lukes – grünlich, glasig und weit weg. Es dauerte endlos, bis ein Schimmer menschlichen Bewußtseins langsam in sie zurückkehrte. Seine Lippen bewegten sich schwach. »Gott«, sagte er rauh, in seinem undeutlichen Tonfall, »Gott, ich glaub, ich liebe dich.«

»Psst«, sagte ich, »pssst«, und zog seinen Kopf an meine Brust. Darüber zu sprechen, hieß, es zu entwerten.

Wir lagen lange Zeit nebeneinander, ohne uns zu bewegen. Sonnenstrahlen fielen in diesen schäbigen engen Raum, die vergeblich darauf bestanden, daß Tag und dies das staubige, vollgestopfte Hinterzimmer eines Buchladens im Village war und wir tatsächlich zwei junge, ziemlich verwundbare menschliche Wesen auf einem unbequemen Feldbett. Wir zwei waren ein Keimling, ein Kern, der im Dunkeln nistete, in einer Muschel, innen dunkel und weich, außen hart, was uns vor Verkehrslärm und Betriebsamkeit schützte. Wir zwei, ein

Samenkorn, nisteten eng verschlungen in unserer eigenen Brutwärme, bis Langfinger Sonne und Wind uns aufspüren und ins Leben zurückbringen würden.

»Materielose Energie«, ging mir verträumt durch den Kopf, und ich dachte an Reich, begriff, daß ich schließlich doch berührt worden war, daß jemand wirklich in mich eingedrungen, zu mir durchgedrungen war, daß es einen dunklen, geheimnisvollen Grund für unser Zusammentreffen gab, den ich niemals würde ergründen können.

Wir lagen dort, solange es ging; zunächst nahmen wir nichts anderes wahr als uns, später versuchten wir, uns nicht vom Verkehrslärm, dem Betrieb draußen, der intensiver werdenden Sonne, die durch das rückwärtige Fenster des Ladens schien, aufscheuchen zu lassen. Wir hatten Hunger und mußten zur Toilette, aber jedes Mal, wenn einer von uns sich versuchsweise bewegte, klammerte sich der (oder die) andere fester an ihn (oder sie) und kuschelte sich enger.

Schließlich gewann der Hunger die Oberhand, und mit einer schnellen Bewegung schlüpfte ich aus Lukes Armen, ging zum Kühlschrank und zur Einkaufstüte. Ich setzte Kaffee auf und war gerade dabei, mit einem Küchenmesser die schreiend bunte Plastikverpackung der gefrorenen Kartoffelpfannkuchen zu öffnen, als Luke hinter mir auftauchte und die Arme um meine Hüften schlang; sein harter Schwanz stieß gegen meinen Hintern. Schweigend zog er mich mit seinen mageren, sehnigen Armen eng und fest an sich und versuchte, seinen Schwanz zwischen die beiden Backen in mein Arschloch zu bekommen.

Ich wurde schlaff unter seiner Berührung, mein Körper schmolz in seinen, und als ich begriff, was er wollte, knickte ich in der Hüfte ein und beugte mich nach vorne über den Tisch, um ihm zu helfen. Aber ich war zu eng, er zerrte mich vom Tisch weg, und das nächste, was ich merkte, war, daß ich mit dem Gesicht nach unten auf dem Boden lag und Luke rittlings auf mir hockte. Irgendwie hatte er das Speiseöl auf dem Tisch gefunden, denn seine öltriefenden Hände waren überall auf meinem Hintern und in meinem Arschloch. Ich schrie auf, als seine mageren, kräftigen Finger in meinen Anus eindrangen. Ich verging fast vor Lust, dieser Mischung von unerfüllbarem Verlangen und schmerzsüchtiger Begierde, die niemals befriedigt werden konnte. Dann packten seine Hände meinen Hintern, und sein großer Schwanz stieß in mich. Er lag auf mir, seine Hand lag auf meiner Möse, und er preßte mich auf den harten, schmutzigen Boden, sein dünner Mund saugte und knabberte an meinen Schultern.

Als ich auf dem Boden gelandet war, hatte ich die Hände unter das Gesicht geschoben, um es vor den dreckigen Dielen zu schützen; aber mein Verlangen, ihn zu berühren, ihn auf jede mir mögliche Weise zu streicheln, überwältigte mich, und sogar, als ich von dem schneller werdenden Rhythmus seiner Lust in das abgetretene Linoleum gebohrt wurde, blieben meine Hände hinten, streichelten und liebkosten den Hintern, und mit den Füßen streichelte ich die dünnen, muskulösen Beine.

In seiner Leidenschaft war eine Blindheit, die kurz meinen Widerstand weckte. Ich wurde benutzt, wie ich noch nie benutzt worden war, und ich war nicht sicher, ob ich das wollte, ob ich seine Forderungen erfüllen wollte. Aber die vibrierende Beharrlichkeit seiner Hand in meiner Möse – durch deren Wände, wie ich wußte, er seinen Schwanz in meinem

Arschloch pulsieren und fühlen konnte – und die blinde Gewalt der Leidenschaft, die sein Fleisch schüttelte, übertönte alles, auch mein Geschrei: niemals solle er aufhören, wieder und wieder mit einer sprachlosen Besessenheit aus Schmerz und Verlangen, eine Hymne an das Licht der Ekstase, das in uns beiden explodierte.

Ich stand auf, schmutzig, struppig und zertrümmert, den Hintern voller Öl, und fuhr fort, Frühstück zu machen. Oder welche Mahlzeit auch immer. Die Sonne schien schon wieder unterzugehen. Der Laden war geschlossen. Ein letztes bißchen Verantwortungsgefühl ließ mich einen Mantel überwerfen und ein Schild kritzeln, das ich in die Tür hängte: »Heute leider geschlossen. Morgen zu den üblichen Zeiten geöffnet.« Ich pusselte eine Weile herum, machte etwas Ordnung im Laden und ging zurück in das inzwischen dämmrige Hinterzimmer; dort saß Luke, ein Handtuch um die Hüften, zusammengesunken am Tisch. Er hatte sich auf dem Klo im Hausflur einen Schuß gesetzt, mich verließ ein wenig der Mut, aber ich sagte nichts; stattdessen legte ich *Carmina Burana* auf, setzte mich und las Hesses *Demian*. Damals gab es nur alte, nicht mehr lieferbare Ausgaben von Hesse, die man sofort kaufte, wenn man sie fand. Es wurde dunkel. Ich schaltete das Licht ein, machte eine Kanne Kaffee und wechselte von Carl Orff zum Modern Jazz Quartett, *Django*.

Nach einer Weile bewegte sich Luke, und ich reichte ihm wortlos den Kaffee, ohne zu wissen, wo er gerade war oder ob er reden wollte, und er trank. Er betrachtete mich aufmerksam über den Becher, während ich las oder vorgab zu lesen, bis ich ihn schroff, aber auch bittend »Komm her« sagen hörte. Sofort stand ich auf, kauerte mich neben seinen Stuhl hin, legte den Kopf auf seinen Schoß, und er streichelte wortlos mein Haar. Endlich drehte ich den Kopf, zog das alberne kleine Handtuch weg, und meine Lippen fanden seinen Schwanz. Langsam, ganz langsam wurde er unter den ausführlichen, zärtlichen Zuwendungen meines Mundes und meiner Zunge hart, und in dieser trägen, heißen Sommernacht im August, zwischen Hinterhof- und Straßengeräuschen, die um uns wüteten, in dieser Nacht liebte ich diesen dicken, kräftigen, unbeschnittenen Schwanz, liebte ihn wirklich, er wurde in meinem Mund zu Größe und Gefühl – ich hatte die Zauberkraft der Jugend. Verliebt LIEBTE ich, und die Liebe umblühte uns wie eine Aureole, mein Mund arbeitete langsam, endlos, unermüdlich, bis das pralle Glied zu bocken begann und gegen den Gaumen drückte wie ein geifernder Raubvogel, der sich losreißen will. Ich bewegte mich immer schneller, und ein Seufzer, der der Atem des Lebens selbst war, entfuhr Luke, und ich trank seinen Samen, trank seinen bitteren, kristallenen Samen mit großen, gierigen Schlucken, um uns für immer und alle Zeit zu vereinen, so daß nichts und niemand uns jemals würde trennen können. Als er kam, waren meine Hände auf seinen schmalen Hüften, ich spürte seinen sich biegenden Rücken, spürte die Elektrizität seines Fleisches, mein Kopf war eingeklemmt zwischen seinen goldbehaarten Schenkeln, ich konnte sein Blut – oder meines? – rasen hören und wußte: Dieser Samen, den ich schluckte, war ein Sakrament – die heilige und einzigartige Essenz, das Triebwerk des Universums.

Dann beugte er sich vor und küßte mich auf den Mund, um sich selbst zu schmecken; wir saßen lange zusammen in der Sommernacht, mein Haar flutete über seinen Schoß, seine Hände lagen um meine Schultern. Als wir uns schließlich zum Feldbett vorgetastet hatten und zum Schlaf, war es der erwartungsfreudige Schlaf der Kinder vor Weihnachten: immer wieder wachten wir auf und berührten uns, nur um den Zauber zu spüren.

Die Wohnung:
Teil 1

Luke und mir blieb nicht viel Zeit. Wenige Wochen nach unserem ersten Zusammensein kam er eines Nachts leichenblaß in den Laden und sagte, er müsse eine Weile aus der Stadt verschwinden. Er erzählte, er sei um drei Uhr morgens die Thompson Street entlanggegangen und hätte gesehen, wie zwei Typen einen dritten, offenbar bewußtlos, vor die Reifen eines Lastwagens gelegt hätten, während ein anderer den Motor angeworfen hätte. Er sei einfach weitergegangen, glaube auch nicht, daß sie ihn bemerkt hätten, aber den Typ unter dem Lastwagen kannte er vom Sehen; jemand, der auf Mafia-Territorium im größeren Maßstab Marijuana verkauft hatte. Mitte der fünfziger Jahre war der Drogenhandel absolut kontrolliert und von Wohnblock zu Wohnblock aufgeteilt. Außerhalb des dir zugewiesenen Gebiets durftest du nichts verkaufen, nicht mal einen einzigen Joint. Luke hatte es ein bißchen ›freiberuflich‹ betrieben und wollte abhauen, solange es noch möglich war.

»Wohin willst du gehen?«

»Weiß nich. Vielleicht New Orleans.«

Damals war New Orleans noch eine echte Alternative, ein guter Ort, um gut drauf zu sein, um unterzutauchen – irgendwie durchzukommen. Das hat sich seitdem gründlich geändert, außer für professionelle Revolutionäre – jedenfalls habe ich seit Jahren nicht gehört, daß irgend jemand nach New Orleans gegangen wäre, außer den Leuten vom SNCC oder SDS. Aber damals war die Stadt ziemlich hip, es gab jede Menge Drogen und Alkohol, und das Leben war schön.

Die erste der kleinen, unabhängigen Zeitschriften der Vor-Beat-Ära, die in jenem »hippen« Jargon geschrieben war, den wir alle so hingebungsvoll und selbstbewußt sprachen, war gerade in New Orleans erschienen. Sie hieß *Climax* und wurde herausgegeben, gesetzt, gedruckt und zusammengeheftet von einem hübschen blonden Abenteurer namens Bob Casse. *Climax* brachte Neues aus der Literatur- und Jazzszene. Jazz war für uns die wichtigste, die angesagteste Kunst; die ersten Wortführer unseres Idioms spielten Saxophon und Trompete: Charly Bird Parker verteilte in Louis' Tavern in der West Fourth Street Handzettel für seine unglaublichen Wochenendauftritte im Open Door auf dem West Broadway, Wochenenden, bei denen er uns alle mitriß, uns fliegen lehrte. Und später Miles, der sich bei seinen Sets im Café Bohemia mit Charlie Mingus – beide professionell und abgebrüht – abwechselte, Mingus damals cool und heute cool, aber nichts, was einen aus dem Sessel riß, nichts, was ins Herz traf; vielleicht hörten wir das damals nicht – in den Sechzigern änderte Mingus sich, oder ich mich – jedenfalls gingen wir raus, wenn er spielte, schnappten etwas Luft und kamen wieder herein, um Miles' Trompete zu hören, die uns jedes Mal aufs Neue überwältigte.

Die Jazzer wurden von den Malern abgelöst, einer großen grobschlächtigen und versoffenen Männerhorde, die in Ölbildern sprachen und einem sehr väterlich und aufreizend kamen. Sie verdienten gut und warfen nur so mit der Knete um sich, prägten damit die späten Fünfziger, wohlhabender und schneller. Arrogant.

Aber das war später. Jetzt sagte Luke »New Orleans«, und ich verstand, was er meinte. Sah die schmiedeeisernen Balkone und den Schleier aus Hitze und Staub. Sah die lächelnden Menschen, die gemächlich herumschlenderten, von der Sonne high wurden und auf dem französischen Markt schwarzen Kaffee tranken; große Schiffe löschten ihre Fracht, Früchte und Fisch, große starke Möwen kreischten und drehten ihre Runden, und mir lag auf der Zunge: »Ich komme mit.« Wir beide hörten die Worte unausgesprochen im staubigen Raum hängen – der Raum wartete, aber ich schwieg.

Zwei Dinge hielten mich zurück. Das eine war unser Kode, das ewige Gesetz des bis zum Erbrechen *Coolseins*, das es mir unmöglich machte, diese Worte auszusprechen, ohne daß ich alles, was uns verband, zerstört hätte, sogar rückblickend; der ganze Zauber, den unser Zusammentreffen hatte, wäre verflogen, wenn ich mit Luke gegangen wäre – jedenfalls schien es uns so. Das andere war meine absolute, nicht zu beschreibende Faszination von Manhattan, eine Liebesaffäre mit dieser Stadt, die mich, wie sich zeigte, noch viele Jahre völlig in Beschlag nehmen sollte. Eine überwältigende Liebe zu den schmalen Straßen und Lagerhäusern, zum merkwürdigen Friedhof der Trinity Church, zur Wall Street in tiefster Nacht, Cathedral Parkway an Sonntagnachmittagen, zum Chrysler Building, das wie ein sagenumwobener Turm in der Oktobersonne glänzte, der Lebensatem und die Energie in der Luft, die eine Kreativität erzeugten, die dem feurigen Kern des Planeten selbst entsprungen schien und wie tausend brodelnde Vulkane in Musik und Malerei, in Tanz und Poesie dieser magischen Stadt aufbrach. So nahm ich, anstatt zu sprechen, seine Hand.

»Wann willst du los?«

»Morgen früh«, sagte er. »Ich will schon unterwegs sein, wenn es hell wird.«

Er ging ins Hinterzimmer und fing an, seine wenigen Besitztümer in einen alten, abgewetzten Rucksack zu stopfen. Ich folgte ihm und legte eine Platte auf, Vivaldis »Gloria«; packte ein paar Lammkoteletts in den Backofen und begann aufgewühlt, Salat zu schneiden. Bevor er geht, dachte ich, kann er genausogut noch etwas essen.

Dann kam Luke und berührte meinen Handrücken, ich schaute zu ihm hoch, und er sah die Tränen in meinen Augen.

»Hey«, sagte er weich, »hey, Mädchen.«

Er legte seine Arme um mich, und ich klammerte mich an seinen Mund, als könnte ich nie wieder loslassen, er löste mein Haar, und irgendwann waren wir nackt und lagen verzweifelt ineinandergekrallt auf dem Matratzenlager, das das Feldbett ersetzt hatte. Er zog meine Beine auf seine Schultern, küßte sie dabei von den Fesseln bis zum Hintern, kleine scharfe Bisse in die Backen, dann fühlte ich seinen Schwanz in meiner Möse; es war wie nach Hause kommen, der natürlichste und einzige Seinszustand. Dann glitt er raus und, naß von meinem Saft, in mein Arschloch, diesmal nicht vorsichtig, sondern irgendwie verzweifelt, während er mit Lippen und Zähnen meine Arme und Brüste bearbeitete. Ich weinte jetzt und hatte das Gefühl, durchzudrehen, weil ich eine Erfüllung herbeisehnte, für die der menschliche Körper nicht gemacht ist; schließlich schloß sich sein Mund über meinem, er lag auf mir, den Schwanz wieder in meiner nassen, pulsierenden

Möse, und wir bewegten uns gemeinsam in einem mahlenden Rhythmus, bewegten uns durch Zeit und Ewigkeit und weit darüber hinaus, wo Galaxien explodierten und entstanden, und beobachteten die Welten, wie sie langsam wieder lebendig wurden. Als wir zu uns kamen, lag ich auf seiner Brust, küßte immer wieder seine Lider und trank seine stummen Tränen, während meine achtlos tropften.

Inzwischen war es hell. Die Lammkoteletts waren hoffnungslos verbrannt, das Zimmer voller Rauch. Ich rannte herum, riß die Fenster auf und fluchte, während Luke sich berappelte. Dann zogen wir uns an und gingen zu einem Restaurant, das die ganze Nacht geöffnet hatte – die alte Waldorf Cafeteria, wo wir schon einige Male gewesen waren, um Max Bodenheim herumalbern zu sehen; dort aßen wir Lammeintopf, eingelegtes Gemüse und Brötchen, tranken einen Kaffee nach dem anderen, bis Luke schließlich sein Bündel packte und über die Schulter warf, und ich ging mit ihm zum Bus, der ihn zum Lincoln Tunnel brachte, von wo aus er lostrampen wollte. Ich wartete, bis er eingestiegen war; wir sagten Auf Wiedersehen, ohne uns zu berühren, kaum, daß sich unsere Augen in dem staubigen Augustwind trafen.

Und dann, binnen zwei Wochen, waren Norman und Gypsy zurück von ihrer Campingtour, und der angenehme Komfort des Buchladens war vorbei. Es war mittlerweile zu hektisch geworden, um auf der Straße zu leben, und die Dämmerung war manchmal schon recht kühl; also ging ich an meine Ersparnisse und mietete die Bude, aus der der Schmutzige John gerade auszog: Eine Wohnung mit fließend kaltem Wasser, in der Mitte der Stadt, 60th Street, wo die Tenth Avenue zur

Amsterdam Avenue wird, das obere Ende von Hell's Kitchen. Es war eine gute große Wohnung mit hohen Decken und einem Kamin im großzügig geschnittenen Vorderraum, zwei mittleren Zimmern von annehmbarer Größe und einem Loch von einer Küche, mit der Badewanne neben der Spüle – die Wanne hatte eine Abdeckung, auf der man das Geschirr abtropfen lassen konnte – und einem uralten Herd in grüner Emaille, mit hohem Backofen und drei Brennern; das kleine schmierige Fenster öffnete sich in einen Luftschacht. Es war eine gute Wohnung, weil das vordere Zimmer so groß war, weil der Kamin funktionierte und weil sie 33 Dollar im Monat kostete.

Das Klo war im Hausflur, unaussprechlich dreckig und wurde – ganz gleich, was man anstellte – nie sauber, weil es nur ein Stockwerk hoch lag und von jedem Penner des Viertels benutzt wurde, der nüchtern genug war, es die Treppe hoch zu schaffen; an kalten Morgen fanden wir dort häufig ein oder zwei schlafend vor. Es ließ sich auch nicht verschließen, denn als wir das einmal versuchten, wurde sofort das Schloß geklaut, aus dem morschen Holz gerissen. Ebenso das Klopapier. Oder Glühbirnen: Die Armut in dieser Gegend war so groß, daß alles sofort verschwand. Wenn man zum Klo ging, mußte man also Papier und Glühbirne mitnehmen; wenn keine Birne zur Hand war, nahm man die Taschenlampe, die auf dem Kühlschrank lag.

Es war eine wunderbare Wohnung, eine der besten, die ich jemals hatte, und ich denke noch heute gern an sie zurück. Mein Leben dort war das einfachste, freundlichste und hingebungsvollste, das ich je zu führen imstande war; die Freunde waren gut, die Ziele klar gesteckt.

Anfänglich waren es nur Susan O'Reilley und ich, die dort wohnten. Aus dem Vorderraum machten wir ein richtiges Wohnzimmer: Es gab eine große alte Couch, die ein früherer Mitbewohner des Schmutzigen John zurückgelassen hatte; einen uralten Zeichentisch; einen Tisch und Stühle aus dem Haus meiner Eltern; und ein paar lange Bänke aus verwittertem, rohem Holz, die wir vom Bauplatz eines der neumodischen Wohnhochhäuser geklaut hatten. Die Bänke fanden wir besonders gut, denn wenn uns das Feuerholz ausging, verbrannten wir sie einfach und holten uns neue, wenn wir welche brauchten.

Wir schliefen im größeren der beiden mittleren Zimmer auf einem Bett, einfach ein Bettrahmen mit ein paar quer darüber genagelten Latten und einer alten Baumwollmatratze. Es war das durchgelegenste und unbequemste Bett, in dem ich jemals geschlafen habe, zehnmal unbequemer als der Fußboden, aber wir hingen an der Vorstellung, ein Bett zu haben, dem Fußboden entronnen zu sein. Das Schlafzimmer hatte eine Tür nach draußen, die wir mit einem dicken Balken und großen Eisenriegeln verrammelten, weil der Kleine John (nicht zu verwechseln mit dem Schmutzigen John), Ex-Liebhaber von O'Reilley, einmal dort eingebrochen war und die Wohnung auseinandergenommen hatte (wir beide waren nach Cambridge getrampt, um ihm aus dem Weg zu gehen). Über die verrammelte Tür hängten wir ein wackeliges Bücherregal. Das und ein alter Tisch, ein Erinnerungsstück an meine Kindheit, den wir in einem geliehenen Kombi aus Brooklyn hierhergekarrt hatten, vervollständigten die Einrichtung des »Schlafzimmers«.

Das kleinere Mittelzimmer hieß alsbald »Holzschuppen«

und füllte sich mit Kartons und Holzstapeln für den Kamin: Holz, das wir von Baustellen klauten oder das wir von der Werkstatt zwischen Tenth Avenue und dem Hudson River geschenkt bekamen, die Autos zur Verschiffung nach Übersee in Kisten verpackte. Damals waren Beatniks oder Hippies noch kein Thema, und die Typen, die dort arbeiteten, waren fröhlich und freundlich und sägten uns jede Menge bestes Roteichenholz, wann immer ihr Boss außer Haus war, sägten es mit ihren starken Elektrosägen passend für unseren Kamin, grinsten und redeten die ganze Zeit, während wir mit unseren Einkaufswagen in der hellen und kalten Werkstatt standen und der beißende Geruch von frisch geschnittenem Holz sowie die klare kühle Luft vom Fluß uns in Hochstimmung versetzte. Wir brauchten vier Wagenladungen pro Tag, um nicht zu frieren, aber an guten Tagen, wenn die Abfalltonnen voll waren oder wir uns besonders stark fühlten, dann trugen wir wesentlich mehr zusammen und packten den »Holzschuppen« bis oben hin voll, um Vorrat für kältere Tage zu haben. Für das Wort »Holzschuppen« hatten wir ein ganz besonderes Faible, weil es in Mezz Mezzrows *Really the Blues* vorkam, eines der Bücher, die wir gelesen und die unsere Art zu reden und zu leben besonders beeinflußt hatte; »Holzschuppen« bedeutete, daß man sich völlig in selbigen zurückzog und sich ganz seiner Kunst widmete, in diesem Fall dem Jazz, und nichts anderes an sich heranließ. »Holzschuppen« war das Motto, unter das wir unser Leben in der Amsterdam Avenue gestellt hatten, und einen wirklichen Holzschuppen zu haben machte alles nur realer. Außer den unzähligen Kisten mit Holz und kleineren Stapeln verschiedener Balken, die man im Notfall zersägen konnte, gab es in diesem Raum nur noch einen alten, ungestrichenen Schrank mit unserer Kleidung, auf dem ein Aktenkarton mit unseren gesammelten Werken stand.

Das war auch schon alles. Als Susan und ich die Wohnung zum ersten Mal betraten, war sie übersäht mit Holzspänen und kleinsten Papierfetzen, die die Ratten zu allen möglichen komfortablen und luxuriösen Nestern zusammengerupft und -gekratzt hatten. Wir brauchten vier Wochen, um den Müll rauszuschaffen, und noch monatelang war direkt vor dem Kamin ein großes, verkohltes Loch. »Oh, das«, sagte der Schmutzige John, »da habe ich mal ein brennendes Holzscheit fallen lassen und dann liegengelassen.« Die Balken unter dem Fußboden waren teilweise weggekokelt; wahrscheinlich hatte nicht viel gefehlt, um das ganze Haus in Schutt und Asche zu legen. Im nächsten Frühjahr kam eine mit uns gut befreundete Lesbe mit ihrer Elektrosäge und verbrachte zwei oder drei Tage damit, aus unseren Holzvorräten neue Balkenteile einzupassen und die Dielen zu vervollständigen, aber den ersten Winter mußten wir mit dem Loch, durch das der Wind pfiff, leben.

Bald nachdem wir eingezogen waren, kam René Strauss, unser Freund und Straßenstricher aus dem Village dazu, und die Couch im Wohnzimmer wurde zum Bett. René war ein guter Mitbewohner: Er war fast nie zu Hause, tauchte aber auf, wenn er mal etwas Geld hatte und lud uns fröhlich zum Frühstück ein. Seine beißenden Kommentare über unser Leben und unsere Affären – in der sarkastischen Tradition des »Schwulenwitzes« – erhielten uns lange Zeit die gute Laune und den Durchblick. Seine zwei Fehler waren, daß er unsere besten sauberen Klamotten klaute, wenn er auf nächtliche

Streifzüge ging, und daß er morgens nicht aus dem Bett kam.

Morgens aus dem Bett kommen war auch nicht einfach, da es kalt war und immer kälter wurde. Gewöhnlich war ich die erste, die herumstapfte, Levis und Sweatshirt anzog (meine Standardbekleidung) und meinen Bürstenschnitt kämmte (ich hatte mir die Haare abgeschnitten). Dann zog ich die geklauten, pelzbesetzten schwarzen Lederhandschuhe an, schlüpfte in die Motorradjacke, die der Kleine John mir vermacht hatte (wir hatten die gleiche Größe), und in die schwarzen Armeestiefel und ging, bewaffnet mit dem Einkaufswagen, auf die Suche nach Holz. Zwei oder drei Touren vollbepackt die Treppen hoch wirkten Wunder, was Aufwachen und Kreislauf betraf; ich machte Feuer und setzte einen riesigen Topf mit Haferflocken auf, murmelte und sang dabei vor mich hin, um René, der vielleicht erst gegen Morgen nach Hause gekommen war, und O'Reilley, die immer schlafen konnte, egal, wie lange sie schon schlief, auf das Aufwecken vorzubereiten. Wenn der Kaffee fertig war und der Haferbrei blubberte, stellte ich mich ins Wohnzimmer und verkündete der schnarchenden, sich an die Decken klammernden Gesellschaft lautstark und allen Protesten zum Trotz, daß das Frühstück fertig sei; der Tag konnte beginnen.

Die Wohnung: Teil 2

Es wurde Winter. René zog aus und zu einem traurigen, aber reichen Mann, der am Central Park West wohnte und den Ballettunterricht bezahlte. Das Haus wurde zu einem Schiff, das unglaubliche Stürme zu meistern hatte; die Schornsteine auf der Eleventh Avenue ragten in die klare Luft wie Masten, Wegzeichen oder Leuchtfeuer. Die Kunst des Überlebens wurde zur Kunst des Feuermachens. Wir waren jetzt fünf, eine verschworene kleine Familie, die ihren eigenen Lebensstil, ihre Strukturen und einen eigenen Jargon hatte.

Pete war Student, ging vormittags auf die Kunstschule und malte nachmittags im großen hellen Vorderzimmer. Er hatte schon als Kind an Broadwaytheatern gespielt, war als Teenager auf eine Schule für Jungschauspieler gegangen und hatte die Schauspielerei an den Nagel gehängt, um Maler zu werden. Pete war still; langsam, pummelig und launisch. Stundenlang zeichnete er Einhörner, oder merkwürdige dreibeinige Bestien mit traurigem Blick, oder füllte große Holzmalgründe mit buntscheckigen Landschaften, über die kindliche, phosphoreszierende Lebewesen irrten, die wie geodätische Dome mit Antennen aussahen. Er zeichnete auf Papier, auf den Boden, auf die Wände, auf Servietten, Laken, auf schmutzige Fensterscheiben. Er machte das gut und war glücklich.

Don war lang und dünn, Mulatte und einfach hinreißend, ein Schauspieler im Bannkreis der damals virulenten Actor's Studio-Schule. Er war verschlossen, hatten etwas Grüblerisches in den großen schwarzen Augen und schmale nervöse Hände, die zu dem Jazz in seinem Kopf mit allem auf allem herumtrommelten. Überraschend sanft, wenn er dich denn einmal ansah aus dem Nebel von Träumen und Tönen, in dem er lebte, wie hinter einem glitzernden Perlenvorhang.

Don war O'Reilleys Liebhaber. Sie hatte einen wirklich miserablen Sommer mit dem Kleinen John verlebt: Wahnsinn und Abtreibungen, während John sie mit halbverdauter Reich'scher Psychologie traktierte und sie doch eigentlich nur etwas Cooles und Ruhiges suchte. Und das bekam sie bei Don. Vielleicht war es seine außergewöhnliche Schönheit, die ihn so in sich gekehrt machte. Jeder wollte ihn. Wann immer der Winter zu hart wurde und unsere Versorgungslage uns aus den Händen zu gleiten drohte, besuchte Don den einen oder anderen, den er vom Broadway kannte, und der im uns unbekannten Land der Ostseite von Manhattan lebte; zurück kam er mit Steaks und Wodka und Geld. Gerüchteweise hörten wir, daß auch Montgomery Clift in ihn verknallt war, und daß all die tollen Sachen von ihm kamen; aber Don sagte kein Wort dazu, drückte mir nur das Fleisch oder das Geld in die Hand, legte eine Platte auf und setzte sich ans Feuer.

Und dann war da Leslie. Leslie war unser Schwuler. Jedes Haus braucht einen, damit es fröhlich und ein bißchen verrückt zugeht, einen, der für die Blumen sorgt und die Kerzen, der ein bißchen Stil ins Slumleben bringt. Leslie hatte an der Juliard School Klavier studiert, und der Lehrplan sah auch Unterricht in Modernem Tanz vor. Das war eine völlig neue

Erfahrung für ihn und brachte ihn auf den Geschmack. Er fing an, seinen Körper zu entdecken und Ballettstunden zu nehmen, und schließlich kehrte er nach zehn Jahren Ausbildung – er hatte ein Stipendium – dem Pianistendasein den Rücken und schrieb sich an der Ballett- und Theaterschule ein, um Tänzer zu werden. Er war schön und traurig und fragil und schwul. Und auf eine schwule, wehmütige Art in Susan verliebt.

Sowohl die Ballett- als auch die Kunstschule waren nur drei oder vier Blocks von unserer Wohnung entfernt, und unser Leben spielte sich in diesem Jahr zwischen der West Fifties und West Sixties Street ab, wurde intensiver und konzentrierter, da wir alle zum ersten Mal ernsthaft zu arbeiten anfingen. Morgens gingen Leslie und Pete zu ihrem jeweiligen Unterricht, Don legte eine Platte auf unseren Zwölf-Dollar-Plattenspieler (»Kasten«, wie wir damals sagten) – eine zerkratzte Fassung von Miles Davis' »Walking«, oder irgend etwas frühes von Billie Holiday. O'Reilley legte sich auf die Couch vor den Kamin und vertiefte sich in Spenglers *Der Untergang des Abendlandes*, dessen zwei dicke und griesgrämige Bände sie in diesem Winter las und sich dabei manchmal Notizen machte. Ich versuchte, mir mittels einer Grammatik von 1890, die ich auf dem Dachboden meiner Tante in Queens gefunden hatte, Altgriechisch beizubringen. Um die Mittagszeit trafen wir uns alle entweder in der Cafeteria der Kunstschule oder im Chock Full O'Nuts gegenüber vom Ballett-Theater. Dort aßen wir 25-Cent-Sandwiches, die wir uns gerade noch leisten konnten: mit Salat und Tomaten, oder Frischkäse auf Dattelnußbrot, tauschten die Neuigkeiten und Entdeckungen des Vormittags aus und tranken jede Menge Kaffee mit viel Zucker.

Der Nachmittag sah uns alle wieder arbeiten. Susan und ich schrieben in unsere Notizbücher, Pete zeichnete komplizierte Stilleben – z. B. Kaffeekanne auf Stuhl –, und Leslie war wieder im Unterricht oder auf einer Probe. Don machte sich auf den Weg zu Cromwell's Drugstore, dem Treffpunkt für arbeitslose Schauspieler, die vergeblich ein Engagement suchten, bestellte sich etwas für das Minimum von 50 Cent und hörte zu, wie seine Kollegen fachsimpelten. Wenn der Tag schön war, nahmen Pete, Susan und ich unsere Notizbücher mit in den Central Park, kraxelten zwischen den Felsen herum oder beobachteten zwischen Gedichten und Zeichnungen die Enten; wenn nicht, blieben wir zu Hause und kuschelten uns ums Feuer oder tippten mit kältestarren Fingern auf unserer alten, schrottreifen Schreibmaschine.

Die Südgrenze unserer Welt bildete Fiftieth Street, wo es eine Longley Cafeteria gab, in der man nur die erste Tasse Kaffee bezahlen mußte, jede weitere war umsonst – und giftig: der Kaffee stand den ganzen Nachmittag auf Wärmeplatten, und die Milch darin wurde dick und klumpig. Dort tauchten wir manchmal den Nachmittag unter, um zu lesen oder zu schreiben, beobachteten, wie die Leute ein und aus gingen, und machten hin und wieder Bekanntschaft mit redseligen und exzentrischen älteren Menschen, für die New York damals noch Zeit und Platz hatte.

Innerhalb dieser Grenzen befand sich auch die gerade eröffnete Donnell Bibliothek mit ihren großartigen, sauberen Toiletten, reichlich heißem Wasser und Wärme, Teppichen im Lesesaal, komfortablen Sofas und Schallplatten, die man sich ausleihen konnte; und das Museum of Modern Art, für das wir Künstler-Dauerkarten zu drei Dollar hatten und wo wir umsonst eine endlose Reihe von Dietrich-, von Stroheim-, Lang- und Garbo-Filmen sahen, durch die uns zum ersten Mal klar wurde, was es mit dieser Welt aus Zelluloid und flimmernder Dunkelheit wirklich auf sich hatte.

Zu dem Museum gehörte auch eine Cafeteria mit Sitzplätzen im Innenhof, wo wir bei schönem Wetter zwischen protzigen Skulpturen saßen und für 50 Cent ein Nachmittags-Teegedeck zu uns nahmen, das aus winzigen, geschmacklosen Sandwiches und einer fahlen, sienabraunen Flüssigkeit bestand; und ein Penthouse-Restaurant, in das wir mit unseren Drei-Dollar-Karten nicht hineinkamen. Wir hatten allerdings über die Hintertreppe einen Weg gefunden, unbemerkt ins oberste Stockwerk zu kommen, und trafen uns dort häufig mit Petes oder Dons wohlhabenderen Schauspielerfreunden, die die teuren Jahresbeiträge nur zu gerne zahlten und uns zu kleinen Küchlein einluden, während wir dem Theaterklatsch lauschten.

Und die Bilder. Damals schaffte man es noch, die Bilder im Museum of Modern Art zu sehen – das ist mir schon seit einigen Jahren nicht mehr gelungen. Heutzutage sind da immer Köpfe, Tausende von Köpfen zwischen mir und der Kunst. Bei einer Eröffnung sind die Köpfe im allgemeinen gepflegt und parfümiert. An anderen Tagen neigen sie dazu, den letzten Schrei der Friseurmode aus Ohio oder Mäntel von Sears Roebuck zur Schau zu stellen und mit lauten und ungehobelten Stimmen daherzukommen. Aber so oder so, man hat keine Chance, ein Bild zu sehen, es sei denn, man klaut es, nimmt es mit nach Hause, schließt die Tür ab, hängt es an die Wand und setzt sich davor. Damals waren die Museen nicht so gut besucht, besonders unter der Woche, und man konnte schweigend im Brancusi-Saal sitzen (heilige, staubige Luft wie in einer Kirche) oder bis zur Erschöpfung auf einer harten Bank vor Monets »Seerosen«, und kritzeln und tagträumen und in Details und Farben schwelgen, oder um eine Skulptur herumgehen, sie aus allen Blickwinkeln begutachten, von hinten oder sich unter sie legen und kritzeln, in den Zähnen stochern, einen Brief schreiben, und kritzeln, und die Schuhe ausziehen ...

Die nördliche Grenze unseres Gebiets war die Sixty-Fifth Street. Dort hatte Raphael Soyer sein Atelier, in einem muffigen alten Gebäude, bekannt als Lincoln Arcade, mit ausgeflippten schmiedeeisernen Fahrstuhlkäfigen und ausgeflippten Fahrstuhlführern, es wimmelte nur so von Zuhältern, Drogenhändlern, Strichern und Hausfrauen, die das Erdgeschoß, wo die Läden waren, belebten; hier gab es das wunderbare weiße Leuchten der Gebäude und die wohlhabende Solidität der Viertel von New York, die am Ende der amerikanischen Wohlstands- und Gründerjahre im späten 19. Jahrhundert erbaut worden waren. An dieser Stelle steht heute das Lincoln Center; ich ging einmal dorthin, um einen Film zu sehen, und hatte den Eindruck, in der Empfangshalle eines Flughafens gelandet zu sein, und der Film würde in einem Krankenhaus oder einem Kühlschrank gezeigt. Aber damals gab es da noch tschechische Gesangslehrer, Russen, die bei Jung studiert hatten, Violinisten vom Balkan, lettische Übersetzer, kleine Geschäftsleute in großen Mänteln, sie alle wohnten in dieser Gegend und trafen sich auf den lebhaften Märkten. Zwei oder drei Mal in der Woche war ich dort und saß im luftigen, aber ruhigen Atelier von Raphael, der mich malte und mir traurig-geduldige Fragen über die Wohnung und mein Leben stellte und traurig, aber unbeirrt neugierig darüber staunte, wie ein kleiner mutiger Spatz. Manchmal gingen Susan und ich zusammen zu ihm. Er malte ein ziemlich großes Bild von uns beiden, wie wir nackt und Händchen haltend nebeneinander vor einem ungemachten Bett stehen, fand das Bild aber, nachdem er drei oder vier Monate daran gearbeitet hatte, zu gewagt, um es auszustellen, und packte es für drei oder vier Jahre weg.

Auf der West Sixty-Fifth Street befand sich auch mein bescheidenes Gegenstück zu Dons unglaublichem Luxus: eine kantige Psychologiestudentin mit schriller Stimme und traurigen Augen namens Betty McPeters, die in mich verknallt war und uns jede Woche in ihrer kleinen Wohnung mit Erdbeeren und Steaks fütterte, damit ich zu ihr kam. Betty wurde nicht einmal ansatzweise sexuell aktiv: Sie ging nie weiter, als mein Haar oder meine Hand zu streicheln und dabei »schön« zu schnurren, wie eine Katze. Eine mitleiderregende Kreatur. Wir saßen auf ihrem Sofa oder auf dem Teppich, verputzten riesige Mengen von Essen und redeten mit ihren Freunden: einem zum Priester konvertierten Bücherdieb aus der Lower East Side, Bradley Dumpkin, und einer rundlichen, fröhlichen schwarzen Erdmutter, Beatrice Harmon, die – nach letztem Stand der Dinge – vier kleine Kinder hatte und ebensoviele Nervenzusammenbrüche (einen nach jedem Kind). Geistreich sollte es zugehen, brillant und packend, und manchmal war es das auch. Es wurde nur alte Musik gespielt (von vor 1750), die Atmosphäre war feinsinnig und erinnerte ans College. Es gab viele Taschenbücher *über* die Dinge. Bettys Wohnung war wie ein guter Urlaub, sie erinnerte uns daran, wie der Rest der Welt lebte und dachte, und danach trabten wir dankbar nach Hause zu unserem eisigen, leeren Schuppen von einer Wohnung, unseren albernen, geistlosen Gesprächen und unserer Linsensuppe.

Ab Mitte November wurde es so kalt, daß keiner von uns noch großen Wert auf seine Privatsphäre oder Einsamkeit legte. Wir zogen die große Couch zu voller Breite aus, schoben sie vor den Kamin und krochen des Nachts alle zusammen ins Bett. Da das alte Teil in der Mitte eingeknickt war, waren den Feinheiten und Nuancen eines möglichen körperlichen Kontaktes Grenzen gesetzt. Das, und die Überfülle. Gewöhnlich lagen vier von uns im Bett, der fünfte blieb wach und hielt das Feuer in Gang; die Holzabfälle, die wir umsonst bekamen, brannten schnell herunter, und wir schafften es nicht, das Feuer so zu bauen, daß es die ganze Nacht vorhielt. Es machte Spaß, sich für die Nacht mit einer Kiste Holz und einem Buch niederzulassen und Wache zu schieben, während der Rest der Familie gemütlich und zufrieden schlief. In wärmeren Nächten, wenn wir es uns leisten konnten, das Feuer im Kamin ausgehen zu lassen, und mit dem Feuer im Küchenherd, vier Räume entfernt, vorliebnahmen, hatte der fünfte das Lattenbett im mittleren Zimmer ganz für sich allein: welch ein Luxus.

Eine Nacht am Kamin:
Was ihr gerne lesen würdet

Vielleicht fühle ich eine Hand in meiner Möse, drehe mich um zu ihrem Besitzer und streife dabei wer immer es ist, der auf meiner anderen Seite schläft, streife einen Steifen mit der Hüfte und winde mich enger heran, öffne meine Schenkel und schließe sie um einen Schwanz, vermutlich Leslies, fasse mit der Hand zwischen die Beine, um seine Spitze mit dem Finger zu berühren. Die Hand in meiner Möse gehört Don, er beugt sich zur anderen Seite und küßt O'Reilley. Ich dränge mich fester gegen sie, um sie weiter hineinzubekommen, laß Leslies Schwanz zwischen meine Beine gleiten und sanft in meiner Arschfalte herumstochern. Ich beiße Don in den Nacken; über seine Schulter sehe ich Pete, der neben dem Feuer döst. O'Reilley wirft ein Bein über Dons Hüfte, und ich streichle ihre Fessel mit dem Zeh; sie ist schlank und weich, und ihr Zeh krümmt sich und kitzelt meine Fußsohle. Ich fasse mit der linken Hand nach Dons Eiern und lege Daumen und Zeigefinger um die Schwanzwurzel, stoße mit den Nägeln an O'Reilleys Hand um Dons Glied. Unsere Hände bewegen sich im Gleichklang. Dons Rücken beginnt sich zu wölben, die Hand in mir bewegt sich flink und feuert mich an. Mit der Rechten greife ich unter meinem Rücken nach hinten und drehe Locken in das Haar um Leslies Nabel, gleite mit dem Finger über den Bauch nach unten und in seinen Busch. Ich beiße Don in die Schulter, er zuckt zusammen. Sein Mund wandert von O'Reilleys Lippen zu ihrer Brust, dabei verrutscht die Bettdecke. Die kalte Luft ist ein Schock, tut aber gut. Ich schiebe das rechte Bein unter Leslie und liege jetzt weit geöffnet da, stoße gegen Dons Hand. Sie wird langsamer, fährt jetzt mit langen Stößen rein und raus. Ich merke, wie Leslies Schwengel an meiner Hüfte zuckt, lasse Dons Eier los und nehme ihn in beide Hände. Im Kamin fällt ein großes Holzscheit in sich zusammen und Pete wacht auf. Erfaßt mit einem Blick, was los ist, und stochert im Feuer. Leslie entgleitet meinen Händen, rutscht im Bett nach oben und rollt sich auf einem Kissen zusammen. Ich nehme seinen Schwanz in den Mund; höre O'Reilley stöhnen und sehe, daß Don auf ihr liegt, ihre Knie sind rechts und links neben dem Kopf. Beide sind jetzt völlig nackt. Ich bewundere Susans blassen, anämischen Teint und Dons Milchkaffeehaut, doch ohne den Rhythmus zu verlieren, in dem ich Leslie einen blase. Dons Hand steckt immer noch in mir, und während er O'Reilley vögelt, beugt er sich rüber und küßt mich auf den Mund. Wir vier bewegen uns in einem gemeinsamen Rhythmus, selbst das Bett hüpft mit. Dons Hand rutscht aus mir heraus, und etwas anderes gleitet hinein. Das ist sicher Petes Schwanz, ich erkenne den Geruch seines Haaröls. Er hat Hosen und Schuhe abgestreift und liegt im Hemd auf mir. Ich lasse Leslies Glied aus meinem Mund gleiten und küsse Pete. Das Bett ist proppenvoll; ich drehe mich auf die Seite, drehe Pete mit und stecke mein Knie unter seine Achsel. Leslie hat gerade noch O'Reilleys Lider geküßt, jetzt rutscht er zur äußeren Bettkante, wischt mit seinem nassen Schwanz an meiner Seite entlang. O'Reilley und Don fallen fast aus dem Bett und krabbeln ans untere Ende, wo hinter unseren Füßen noch Platz ist. Ich höre die Töne, die Don beim Sex von sich gibt, ein gedämpftes Knurren, das mich richtig heiß macht, fühle, wie jemand an meinem Hintern herumstochert, Leslie. Ich liege mit dem Rücken zu ihm, zieh das Knie aus Petes Achsel und strecke das Bein über seine Schulter, um Leslie mehr Platz zu machen, merke, wie seine Hände meinen Hintern öffnen und sein langer Schwanz hineinfindet. Ich stell mir die zwei Schwänze vor, die sich aneinander reiben, nur getrennt durch die dünne Wand aus Fleisch. Brüder. Völlig irre. Eine tolle Nacht.

Vielleicht kommt es uns allen ein Mal, und dann kaut Pete Leslie einen ab; Leslie macht sich über O'Reilley her, während

Don und ich zusehen. Dann facht Pete das Feuer wieder an, und wir rauchen etwas Haschisch. Der Wind frischt auf, es wird deutlich kälter, O'Reilley und Pete kuscheln sich unter der Decke umeinander und schlafen ein. Don fängt an, an meinem Nacken zu knabbern und vögelt mich von hinten, und Leslie taucht hinter Don auf und schiebt seinen hinein, und wir drei fallen in einen verrückten synkopischen Rhythmus, der das Bett erbeben läßt; Pete und O'Reilley schlafen weiter. Kurz vor der Dämmerung legen wir uns alle hin, jeder hat einen eingeschlafenen Arm, der unter einem anderen steckt, und Dons Füße schauen unter der Decke hervor, weil er so groß ist. Vielleicht kommen ja Silver und Daddi-O, unsere Katzen, und legen sich auf seine Füße, um sie zu wärmen, und durch unsere Träume zu schnurren.

Eine Nacht am Kamin: Wie es wirklich war

Vielleicht aber auch nicht. Pete stochert im Feuer, und der billige alte Plattenspieler nudelt wieder und wieder dieselbe Stan-Getz-Scheibe runter. Don sitzt auf der Bettkante und trommelt mit dem Schürhaken am Kamin. O'Reilley liegt direkt beim Kamin und liest Kropotkins *Aufruf an die Jugend*. Mit der linken Hand fingert sie gedankenlos unter Dons Hemd auf seinem Rücken, doch der nimmt keine Notiz davon. Leslie liegt flach auf dem Rücken neben ihr, raucht und starrt an die Decke; er hatte zweimal Tanzunterricht und ist erledigt. Ich bin auf der kalten, dem Feuer abgewandten Seite gelandet, bin aber darauf vorbereitet: Ich liege im Trainingsanzug im Bett, habe eine Wollmütze auf und die Decke bis über das Kinn gezogen; nur Nase und Augen sind noch zu sehen.

Durch die Decke hindurch palaver ich mit Pete über die Surrealisten; er grunzt, wenn ich eine Pause mache, aber wahrscheinlich hört er überhaupt nicht zu. Er malt. Leslie gibt mir seine Zigarette, um sie auszumachen, und ich drücke sie auf dem Boden aus. Er sagt »Gute Nacht« und dreht sich auf die Seite, wendet mir den Rücken zu. Sein Körper ist schön, aber seine unübersehbare Gleichgültigkeit macht ihn nicht attraktiver, ja langweilt mich. O'Reilley hat Kropotkin zugeklappt und das Buch auf den Boden neben dem Bett gelegt. »Wie schade«, sagt sie, und meint alles und nichts. Don hört auf zu trommeln und steht auf. »Ich geh noch mal raus«, sagt er, »bin bald zurück.« Er beugt sich runter, küßt O'Reilley auf die Stirn, murmelt »Tschüß, Baby«, und geht. Pete legt Holz nach und fängt an, uns drei im Bett zu zeichnen. Wir liegen wie Löffelchen ineinander gekuschelt, auf der rechten Seite, das Gesicht zum Feuer. Meine Nase ist kalt. Meine Nase ist immer kalt, und meistens taub. Ich drücke sie vorsichtig an Leslies Rücken, um sie zu wärmen. Er zuckt ein wenig im Schlaf.

* * *

Währenddessen verarmten wir zusehends. Einige Monate lang lebten wir fünf von den 60 Dollar, die ich mit dem Modellstehen verdiente. Die Miete betrug 33 Dollar, Gas und Elektrizität kosteten sieben oder acht, also blieben uns fünf Dollar in der Woche für Lebensmittel. Wir aßen jede Menge Haferflocken, abends gab es dicke Bohnen oder Linsen mit Reis und manchmal Eier zum Mittag, die wir auf dem Markt in der Ninth Avenue für 29 Cent das Dutzend bekamen. Schinkenreste und Hühnermägen kosteten neunzehn Cent das

Pfund. Zum Abendessen kamen ständig Leute, meistens zwei oder drei Besucher, und allen war klar, daß sie entweder etwas zu essen oder Holz für das Feuer mitbringen mußten. Sie kamen mit gestohlenem Brot, altem Brot, frischem, gerade gebackenem und gekauftem Stangenbrot, was immer sie finden konnten, und so wurde aus der Bohnensuppe eine richtige Mahlzeit. Manche brachten auch Wein mit. Andere kamen mit so viel Holz beladen, wie sie gerade noch schleppen konnten: großartige Balken aus alten Häusern, Türen, ausrangierte Möbelstücke, die sie fluchend und stöhnend gleich im Wohnzimmer zersägten, während die Suppe kochte.

»Sie«, das waren der Große John, ein großer Ayn-Rand-Fan, und Maler John, der Jüngste von uns, damals sechzehn Jahre und, wie alle sagten, ein Genie (obwohl man später nie von ihm hörte), verschiedene Tänzer-Freunde von Leslie – zähe kleine Mädchen und zarte Jungs aus dem Ballett-Theater, die große Tüten mit Brötchen anbrachten – sowie diverse Schauspieler aus Petes Bekanntenkreis; sie alle kamen nach einer Veranstaltung im Studio vorbei, stolzierten in ihren Trenchcoats im Wohnzimmer herum und brachten ihre vielschichtige und gewichtige Präsenz unübersehbar zu Geltung, wo immer sie gerade waren. Nicht wenige von ihnen hatten Geld, und brachten Kuchen und Eis und andere tolle Sachen mit, die zueinander wie die Faust aufs Auge paßten. Durch sie entstand ein Spruch – »Mach's dem Studio zuliebe« –, den wir häufig und immer dann anbrachten, wenn eine Situation besonders theatralisch oder ein Individuum zu selbstherrlich wurde.

Es gab aber auch eine Menge verschiedener Leute, die Susan und ich angeschleppt hatten: Noah, ein Penner aus der

Bowery, der Experte für Eurhythmie war und noch immer von längst vergangenen Tagen schwärmte, als er mit Malvina Hoffman ein Atelier teilte – war es in den Zwanzigern oder den Dreißigern gewesen? –, wobei seine langen, aufgesprungenen Hände durch die Luft fuhrwerkten und der kaputte Mantel aufging und ihn umflatterte; Lesben, die von Beruf Klempner oder Drucker waren; und junge Jazzer; und traurige Hafenarbeiter, die es in die Bohème verschlagen hatte; und verschiedene Pound-Jünger, auf die wir in Buchläden gestoßen waren. Wir aßen und redeten und planten ungeheure Projekte, die alle Künste zusammenbringen und deren Programme in Chinesisch verfaßt sein sollten. Alle wurden ein bißchen stoned, und dann gingen wir zusammen raus und tollten durch den Central Park oder schlenderten hinunter zu den Hafenanlagen und schauten auf den Fluß.

Wenn wir Geld für die luxuriösen Dinge des Lebens brauchten – für die Reinigung oder wenn wir mal essen gehen wollten, um uns nicht ständig wie Aussätzige zu fühlen –, dann verkauften wir Bücher. Fast jeder von uns war in irgendeinem Buchclub, vorzugsweise in einem für Kunstbücher, die damals florierten. An allen möglichen Adressen in der Stadt kamen Bücher für uns an und wir verkauften sie, wie üblich, für ein Drittel ihres Ladenpreises, oder tauschten sie bei Doubleday gegen Geschenke, die wir uns gegenseitig machten.

Im Januar wurde es schließlich richtig eisig. Eine Zeitlang war es in der Wohnung zu kalt, um dort zu schlafen; ich erinnere mich, daß es an einigen Tagen minus 20 Grad war, und alle verließen vorübergehend das Schiff. Leslie war der erste, der aufgab und zurück zu seinen Eltern ging. Pete, der sowieso mal mehr, mal weniger da war, zog in ein beheiztes möbliertes Zimmer mit dem Großen John, der beschlossen hatte, Maler in bester *Fountainhead*-Tradition zu werden. Don gelang es, ein Apartment am südlichen Central Park zu bekommen, dessen trauriger, schwuler Eigentümer auf einer Winterkreuzfahrt war. Und O'Reilley und ich nahmen einen Job an und zogen dort ein.

Der Job fand in einer kleinen Wohnung auf der Westseite statt, die einem Menschen namens Ray Clarke gehörte, der Öffentlichkeitsarbeit betrieb. Ich war mir nie sicher, was genau er machte oder was wir für ihn machten; und obwohl ich es nicht genau benennen konnte, war mir klar, daß wir ausgenutzt wurden – von wem und für welche schändlichen Zwecke auch immer. Der einzige andere Mensch, bei dem ich genau dieses Gefühl hatte, war Timothy Leary, aber das war Jahre später.

Ray lebte in einem großen Chaos aus Akten und Tonbandgeräten im Schlafzimmer der Wohnung. Das Schlafzimmer war sein Heiligtum, das Herz seiner Unternehmungen. Hier residierte er in einer kastanienbraunen Smokingjacke und Hausschuhen, trank, rauchte viele viele Zigarren und trieb seine kleinen, schwarzmagischen Spielchen. Sie waren kaum wahrnehmbar, und sie veränderten praktisch nichts, aber sie hielten die Dinge um ihn herum in Bewegung und brachten ihm viel Geld ein.

Im Wohnzimmer gab es eine Bar, einen in den Boden eingelassenen Goldfischteich, eine riesige Couch und zwei Schreibtische. Hier gingen Susan und ich unserer Arbeit nach. Susan mixte Martinis. Ich tippte ab und an einen Brief und ging ans

Telefon. Beide wurden wir losgeschickt, um Essen zu holen oder um zwei Uhr morgens Käsekuchen im Turf zu besorgen. Unsere Arbeit begann um elf Uhr nachts und ging bis zum frühen Morgen, meistens konnten wir zwischen sieben und neun Uhr Schluß machen und legten uns auf die Couch oder den Teppich schlafen.

Jeden Abend gegen elf Uhr, wenn die Vorstellungen vorüber waren, setzte der Besucherstrom in Rays Wohnzimmer ein: Models und Gangster, Möchtegernschauspieler und Callgirls, Spieler, Typen aus der Bekleidungsindustrie, Filmstars, Komponisten, Werbemenschen. Jeder wollte irgendetwas. Die Leute waren hinter Weibern, Nebenbeschäftigungen, Geld, Drogen, Theaterrollen, Juwelen, einem Abendessen her. Es gab Typen, die über Beine redeten, Typen, die über Busen redeten, und Typen, die über Typen redeten. Mädchen mit kleinen Hunden und großen Hintern, Puffmütter, und Kerle, die Sachen zweifelhafter Herkunft verscherbelten. Sie tranken und redeten und warteten auf den mit der Rolle, den mit der Zeitschrift und den mit dem Essen vom Chinesen. Sie waren schäbig und rücksichtslos und geil, und glaubten, sie seien gefühlvoll und ehrenwert. Sie brachten Susan und mir, die wir in unseren abgerissenen Pullovern dort herumsaßen, dreimal pro Nacht etwas zu essen und grinsten.

Ray galt als Experte, wenn es darum ging, einen Namen in die Zeitungen zu bringen. In Wirklichkeit war er ein Experte darin, die Stars, die er vertrat, zu motivieren, etwas für einen der – noch! – nicht so bekannten seiner Klienten zu tun. Der noch Unbekannte zahlte dafür eine Menge Geld, und der große Star konnte nicht nein sagen, weil Ray eine Menge »heißer« Informationen auf Lager hatte, die er im Zweifelsfall an die Öffentlichkeit bringen würde. Informationen, die er zum größten Teil über eine Sprechanlage, die – wenn er in seinem »Heiligtum« saß – immer in Betrieb war, gesammelt und häufig mit einem direkt angeschlossenen Gerät aufgezeichnet hatte.

Ray nahm ständig alles, was er kriegen konnte, von meinem Schreibtisch: Unterlagen, Gedichte, Bücher, die ich gerade las. Ich mußte in sein Schlafzimmer gehen und mir alles zurückstehlen. Er hatte jeden Brief, jede Postkarte und jedes Foto, das er jemals erhalten hatte, alphabetisch nach Absender in Ordnern abgelegt; hinzu kamen Bonmots und Zitate der Besucher, die hier durchkamen.

»Schatz«, sagte er »möchtest du nicht in Earl Wilsons Kolumne als das Mädchen, das Ezra Pound besuchte, eingehen?«

»Nein danke, Ray«, sagte ich, »das ist, glaube ich, keine besonders gute Idee.«

»OK, Schatz, es ist dein Leben, aber du solltest wirklich mal ein bißchen Reklame für dich machen. Jeder braucht Reklame!«

Ich lernte viel von Ray.

Lernte davon auszugehen, daß möglicherweise alles mitgeschnitten wurde; mich in fremden Wohnungen nur flüsternd zu unterhalten, wenn ich etwas wirklich Wichtiges sagen wollte. Lernte, keine Bilder oder Papiere herumliegen zu lassen. Lernte, mich mit Fremden nicht zu betrinken und nie jemandem vom Theater zu trauen. Steckte unzählige Male das Geld fürs Taxi ein und fuhr mit der U-Bahn. Wurde durch die Hintertür in zahllose teure Restaurants geschmuggelt, weil die Leute, die uns eingeladen hatten, uns nicht durch den Haupteingang bringen konnten oder sich einfach schämten.

Ray war außerdem in ein merkwürdiges und ominöses Scheingeschäft verwickelt, das mit Doppelfenstern zu tun hatte, aber was für ein Dreh es war, habe ich nie herausbekommen. Ich wußte nur, daß die daran Beteiligten *wirklich* zwielichtig waren: mürrisch und unfreundlich, und wahrscheinlich trugen sie Schulterholster.

Also saßen Susan und ich da und beantworteten Rays Post, brachten merkwürdige Tonbänder zu Detektivagenturen, reichten in Queens geheimnisvolle Papierstapel durch Taxifenster und trafen Marlon Brando, der genervt und traurig wirkte und es auch war. Während der ganzen Zeit, die wir bei Ray waren, hatte es eine lautstarke Brünette namens Margie auf ihn abgesehen, mit der er ein Mal ausgegangen war, alles im Auftrag und im Rahmen des Spiels. Margie war eine von Rays »Klienten«. Sie war in Brando verliebt, weil er sie mit in sein Hotel genommen und ihr den ganzen Abend lang *Tosca* vorgespielt hatte, anstatt sie ins Bett zu zerren. Und in Margie verliebt war Morris Kahn, ein großer, ruhiger Typ aus der Konfektionsbranche. Morris bezahlte Ray, damit er Werbung für Margie machte; er kaufte Susan auch Schuhe und kümmerte sich überhaupt um uns beide, während er uns den ganzen Ärger mit seiner Angebeteten erzählte, die ihn ebenso »wohlerzogen« wie Brando haben wollte.

All das war amüsant, aber man konnte es nicht ernst nehmen. Und nach einiger Zeit wurde es gruselig. Billy Daniel wurde erschossen, und aus Gründen, die wir nicht nachvollziehen konnten, war das ein großer Schock für Ray. Dann bekam das Verhalten der kleinen Männer mit den Doppelfenstern einen drohenden Unterton, sie behielten in der Wohnung ihre Hüte auf und lümmelten morgens um zehn griesgrämig an der Bar herum – genau die Zeit, zu der Susan und ich es uns auf dem Sofa gemütlich machten und den Tag durchschliefen. Ray redete davon, eine Zeitlang auf die Bahamas zu verschwinden. Wir stellten fest, daß es langsam uncool wurde; außerdem war es Mitte Februar und sowieso wieder wärmer, also kündigten wir und gingen nach Hause.

Danach versuchten wir es noch mit einem anderen Job. Wir sollten an Wochenenden in einem Mitternachtsklub, der in irgendeiner Wohnung in Harlem stattfand, Haschisch verkaufen, was aber damit endete, daß wir gleich in der ersten Nacht zusammen mit den Typen Opium rauchten; drei Tage später wachten wir in einem großen dunklen Keller vor einem Fernseher auf, der ohne Ton und mit einem roten Filter vor der Mattscheibe lief. Dazu spielte eine Platte von Sonny Rollins, und um uns herum fläzten sich schwarze Mädels in grellen Perücken – chartreusegrün und lavendelblau – auf breiten alten Sofas und aßen Frühlingsrollen. Alles war fröhlich und freundlich, aber als wir am nächsten Tag mit dem Taxi über den Westside Highway nach Hause fuhren, sah die Stadt merkwürdig verzerrt aus, und der Kopf des Taxifahrers wurde mal größer, mal kleiner. Wir beschlossen, daß es zwar ein guter Job war, er uns aber zu viel kostete, und als die Typen am nächsten Freitag auftauchten und uns zur Arbeit fahren wollten, teilten wir ihnen dieses voller Bedauern mit.

Organe und Orgasmen – Eine Würdigung

Während des Frühlings war ich eine Weile der einzige Bewohner von Amsterdam Avenue Nr. 6, und damals und dort begann ich es mir anzugewöhnen, jedem meiner Liebhaber einen Schlüssel zu geben – zu dieser Zeit waren das sechs oder sieben. Ich hatte inzwischen eine richtige Doppelbettmatratze mit Sprungrahmen, die ich unter das Fenster im vorderen Zimmer stellte, so daß wir den Mond über der Schuhfabrik auf der anderen Straßenseite aufgehen sahen; zu unseren Füßen knisterte das Feuer im Kamin, und es war eine schöne Zeit. Jeder, der kam, war anders, jeder nahm mich mit auf eine andere Reise; sechs Mythologien, sechs verschiedene Welten.

Georgie Cunningham hatte ich auf einer Jamsession im West Village kennengelernt, zu der mich Morris Kahn geschickt hatte, als ich noch für Ray arbeitete. Für gewöhnlich ging Morris selbst dorthin, hatte das aber aufgegeben, weil Margie seine ganze Aufmerksamkeit beanspruchte und er dachte, daß Susan und ich dort Spaß haben würden. An einem Freitagabend gingen wir zu der genannten Adresse, die sich als Laden mit Vorhängen vor den Fenstern und Sofas und Feldbetten ringsherum an den Wänden entpuppte. Dort trafen wir Georgie, der Saxophon spielte und sehr scheu und sehr intelligent war, seinen Freund Kip, den Schlagzeuger, klug und immer ein bißchen überheblich, und einen lustigen, großen, sanftmütigen Bassisten mit Segelohren, der mich todernst darüber aufklärte, daß er nur Baß spiele, um seinen Lebensunterhalt zu verdienen; er war eigentlich Maler, aber mit dem Baßpielen hatte er in den letzten zwei Wochen 12,50 Dollar verdient. Wir ließen uns häuslich nieder und hörten zu, aßen aus Pappboxen ekelhaftes Zeug vom Chinesen um die Ecke, schliefen in allen Winkeln, und als die Jungs endlich fertig geblasen hatten, war es Montagnachmittag.

Wir rappelten uns auf, flitzten zurück zu Ray und hatten gerade noch Zeit, zu baden und eine Kleinigkeit zu essen, bevor die übliche Besucherschar auftauchte, durstig und ausgehungert wie immer.

Georgie war der jüngste und der schüchternste der Musiker – vielleicht siebzehn –, aber wenn er einmal mit dem Horn loslegte, dann ließ er alle hinter sich, ob schwarz oder weiß. Es gab nur einen aus der Truppe, der da mithalten konnte, und das war Brenda, die kleine Jazzsängerin. Brenda war winzig, rothaarig und ein Energiebündel, immer herausgeputzt in knalligem Gelbgrün oder leuchtendem Gelb; außerdem glaubte sie, Peggy Lee zu sein. Sie war ein bißchen in Kip, den Schlagzeuger, verliebt, und Georgie war ein bißchen in diese beiden verliebt.

Als wir das dritte Mal dort waren, lag ich mit Georgie, der 24 Stunden lang Musik gemacht hatte, an einem Samstagnachmittag auf einem staubigen Sofa. Lag mit ihm dort und öffnete seinen Reißverschluß. Georgie war scheu und pingelig. Er unterbrach mich und lotste mich ins Badezimmer, wo wir uns unter einem lauwarmen Wasserrinnsal mit geklauten

Bröckchen Motelseife einseiften und wuschen und rutschten und schlitterten und aneinander glitschten und die rutschigen Schenkel übereinander schoben. Und uns küßten, Augen und Ohren voller Wasser, und Georgie langsam hart und groß wurde und ich ihn abtrocknete und mich auf ihn legte auf einer kratzigen Badematte mit der Aufschrift »Hotel Marlton«. Es endete damit, daß ich mich über die Badewanne beugte und er meine Hüften umfaßte und gegen mich klatschte.

Nach diesem Samstagnachmittag fand Georgie etwa einmal in der Woche den Weg zu mir, und wir trieben es in meinem großen neuen Bett. Er war kein großartiger Liebhaber, was die Technik betrifft, hatte aber engelhafte Qualitäten, die sehr erfrischend, ja verjüngend waren, intensivierend und beruhigend zugleich. Er hatte einen zierlichen Körper, besonders sein Bauch hatte es mir angetan: sehr blaß und die Haut sehr weich, völlig flach, und schmale Hüften. Sein Schwanz war nicht besonders groß, unbeschnitten und krümmte sich, wenn er zu voller Größe gewachsen war, ein wenig nach rechts. Am liebsten wollte er vögeln, hatte für Spielereien nicht viel übrig, zog es vor, auf mir zu liegen, und war leidenschaftlich, wenn auch zu schnell. Unschuldig und mit aufmerksamen Augen. Meistens kam er vor mir, was uns beide ärgerte, und dann vögelte er mich mit den Fingern zum Ende. Wir brauchten eine Weile, bis wir besser aufeinander eingestimmt waren. Meistens kam er geräuschlos in die Wohnung, und ich wachte mit dem unbestimmten Gefühl auf, daß noch jemand im Zimmer war; dann saß er auf der Bettkante und sah mich gedankenverloren an.

Durch Georgie lernte ich Antoine kennen. Ich hatte Georgie mit Kip und Brenda zum Essen eingeladen, kam vom Modellstehen zurück und fand nicht Georgie oder Kip, sondern einen großen, stämmigen, ernst blickenden Mann mit Sakko und Krawatte deplaziert auf der Bank vor dem Kamin sitzen.

»Hallo«, intonierte er mit starkem Akzent, »isch bin Antoine.«

»Nicht zu glauben«, sagte ich, und so war es.

»Georrrge 'at misch 'ierher zum Essen eingeladen.«

»Hat er, soso?« grummelte ich. Georgie ging für mein Empfinden ein bißchen zu weit.

»Hältst du bitte mal diese Seite der Matratze?« sagte ich, so freundlich ich konnte. »Ich möchte das Bett machen.«

Antoine kam mit ernster Galanterie meinem Wunsch nach und fragte dabei: »Und was – iss deine – Philosophie?«

»Fang«, sagte ich und warf ihm eine Ecke der Decke zu.

Er fing sie auf, faltete und steckte sie professionell, wie im Krankenhaus, zwischen Matratze und Bettkasten, und fuhr fort: »Meine Philosophie – iss die – der verzweifelten 'Offnungslosigkeit«, als ob er es geübt hätte, und ich war mir sicher, er hatte.

Antoine war ein Franzose, wie er leibt und lebt, und ein Schriftsteller, wie sich herausstellte, als wir uns schon zwei Jahre kannten: Er zeigte mir ein kleines zweizeiliges Gedicht über einen kleinen Jungen, der durch Salz und Schnee läuft, sehr viel mit Weiß-in-Weiß, sehr französisch – so kam es mir vor. Seine Mutter war eine Hure gewesen, oder zumindest eine Dame von sehr fragwürdiger Tugend, sein Vater Jude und Kommunist der harten Sorte in Paris. Seine Kindheit hatte er auf der Straße verbracht, in zerbombten Häusern gelebt und war mit Kinderbanden umhergezogen. Er erzählte Geschichten von der Ältesten der Gang, einem zwölfjährigen Mädchen, die sie alle herumkommandierte, vögelte, bemutterte, kochte und wusch, sie losschickte, Hühner zu klauen, und, wenn es wirklich eng wurde, für sie auf den Strich ging. Im Alter von sieben verkaufte er schmutzige Bilder an Soldaten; erst an deutsche, dann an amerikanische.

Ich weiß nicht, wie Antoine nach Amerika kam, aber als ich ihn kennenlernte, war er mit einer amerikanischen Malerin verheiratet, die ein gewisses Renommee und ein Teil-Stipendium der New Yorker Universität hatte. Wir alle mochten ihn ziemlich gern, er hatte einen scharfen und bitterbösen Verstand und das Auftreten eines Geheimagenten. Wenn wir, was ab und an vorkam, Ärger mit der Straßengang des Viertels hatten, gingen Antoine und ich in die Kneipe an der Ecke, tranken ein Wasser und hielten Händchen, um klarzustellen, daß er mein Typ war. Er war eine durchaus eindrucksvolle Gestalt, gut ein Meter neunzig groß und wog etwa 100 Kilo, und sein Trenchcoat erinnerte an die schweren Jungs der Vierziger-Jahre-Filme.

Wenn er die Wohnung betrat, geschah das immer mit einem gewissen Getöse. Ich war wach, sobald er in die Küche kam; dort lief er ein paar Mal im Kreis herum, um seine Anwesenheit anzuzeigen. Dann kam er ins Wohnzimmer, legte sich schwergewichtig auf mich und gab mir den offiziellen Aufweckkuß. Mit den Lippen war er ziemlich gut, wie die meisten Franzosen. Mit dem Schwanz weniger, auf den bilden sie sich zuviel ein, aber mit den Lippen sind sie ziemlich oft Meister, tolle Ohrenzüngler, Nackenbeißer und Mösenlecker.

Meistens konnte man Antoine dazu bringen, sich auszuziehen, aber es war nicht einfach: Er war der festen Überzeugung, daß man jederzeit, jederart und überall vögeln könne, zum Beispiel auf dem Fußboden, wenn im Bett jemand schlief. Einmal war er schwer beleidigt, als ich ihn abwies, weil mir der Küchenfußboden einfach zu schmierig war. Außerdem erwartete er von mir, sofort und augenblicklich heiß zu sein; damit konnte ich normalerweise dienen, zumal ich in jenem Frühjahr immer mit der Hoffnung ins Bett ging, daß etwas passieren, daß jemand vorbeikommen würde, und die Nächte, in denen das nicht geschah, waren glücklicherweise selten.

Antoine mochte es, mich zu lecken, und hatte ein gutes Repertoire von Zungenrhythmen und -wirbeln. Außerdem mochte er es, wenn ich ihm einen blies, und war dabei ausgesprochen pedantisch; hatte eine genaue Vorstellung von Rhythmus und Tempo, und wie er es am liebsten mochte. Manchmal hatte ich den Eindruck, eine Prüfung abzulegen. Auch wurde er nicht müde zu behaupten, daß französische Mädchen dabei am besten waren, und zwar aus kulturellen Gründen – von der Wiege an würden sie von ihren Müttern darauf gedrillt, dem Phallus zu huldigen.

Im Bett war er eher mittelprächtig; seine Körperfülle stieß mich ab – und der Umstand, daß er so gut wie nie seine Socken auszog. Sein Schwanz war eher dick als lang, und obwohl dicke Schwänze ganz nett sind – sie geben ein angenehmes Gefühl von Fülle –, habe ich lange immer vorgezogen: Ich mag es, wenn sie an den Gebärmutterhals stoßen. Außerdem maß er der Technik eine viel zu große Bedeutung bei; mit ihm zu vögeln glich eher einer Akrobatikstunde, mit ein bißchen Hatha-Yoga als Zugabe.

Aber ich vögelte mit ihm, und das nicht zu wenig. Es ging etwas merkwürdig Beruhigendes von ihm aus: etwas Zuverlässiges und Männliches nach all den Jungs, mit denen ich ins Bett gestiegen war.

Wie Don, zum Beispiel. Er war immer noch da, kam zu uns, schweigsam und groß und traurig, und schlüpfte ins Bett. Häufiger aber weckte er mich, flüsterte, er hätte unten ein Taxi warten und ob ich nicht in seine Wohnung am Central Park mitkommen wolle. Dann rappelte ich mich auf und schlüpfte hastig in eine abgetragene Jeans; gemeinsam fuhren wir im Taxi zurück durch die Stadt und schlichen unter den mißbilligenden Blicken des Portiers ins Haus. Don hatte die Kaffeemaschine angeworfen, bevor er ging, der Kaffee war also schon fertig, und auch der Plattenspieler war noch an, als wir in die Wohnung kamen. Über blaßblauen Teppichboden liefen wir durch die Zimmer und entledigten uns dabei unserer Kleidung. Von Kaffee gingen wir zu Kognak über, duschten in dem großartigen Badezimmer, rieben uns gegenseitig mit dicken, dunkelfarbenen Handtüchern trocken und mit exotischen Ölen ein und landeten auf dem riesigen Bett im Schlafzimmer mit Stofftapeten.

Don war nur verbal zurückhaltend. Körperlich war er sehr präsent, unter seiner hellbraunen Haut war eine Spannung, die mein Blut in Wallung brachte, obwohl ich nicht hätte sagen können, warum. Überhaupt ist die Frage, wer oder was »sexy« ist, sehr interessant. Don war sicherlich scheu und in gewisser Weise auch unbeholfen, aber – und dieses »aber« war entscheidend – er machte mich an, machte mich buchstäblich schwindelig; letztendlich ist es wohl eine Aufladung des Fleisches, eine statische Elektrizität (tierischer Magnetismus? Orgonenergie?) – ein »es«, das bei Berührung knistert.

Mit ihm zu schlafen war eher quälend als befriedigend, und es lag eine bestimmte Traurigkeit darin, eine ewige Abwendung. Sein Schwanz war wirklich wunderschön, ein langes und schmales Werkzeug, sehr ausdrucksvoll, von nicht zu beschreibender Färbung; außerdem hatte er wunderschöne Haare: sie kräuselten sich in Ringellöckchen und lagen wie eine Mütze auf seinem Kopf. Er hatte die Größe und Figur, die ich am liebsten mag: ein bißchen zu groß und zu dünn – eine übertriebene, verlängerte Eleganz. Aber all das war nicht das Wesentliche. Das Wesentliche waren die Schatten, ein farbloses Leuchten in der Dunkelheit. Oder das goldene Blitzen seiner warmen Haut auf den Laken. Unerreicht. Jemand, der dir mit einem Funkeln in den Augen seitlich ausweicht und dann über die Schulter zurückschaut.

Morgens war unser Verhältnis fast inzestuös: wir lagen gemütlich und in schlichter Nacktheit auf den großen Polstersesseln im weitläufigen, mit Vorhängen bestückten Wohnzimmer – wie Bruder und Schwester, wie bei Cocteau –, lasen und tranken unseren Orangensaft oder sahen die Morgennachrichten im Fernsehen.

Manchmal ging die Tür auf und Ivan kam herein, grinsend und zurück aus irgendeiner exotischen Stadt im Landesinnern, immer bereit, mitten am Nachmittag ins Bett zu hüpfen. Er hatte geheiratet, besuchte wieder eine Hochschule und roch nach Efeu, bröckeligen Universitätsmauern und den endlosen staubigen Winden jenseits der Ebenen des Mittleren Westens. Aber das war, kaum zu glauben, nur seine berufliche Seite, denn das alte Funkeln war immer noch in seinen Augen, und ich hatte ihm ebenso schnell Schlips und Schuhe ausgezogen, wie er mich auf die weinrote Tagesdecke beförderte und herauszufinden versuchte, ob seine Zunge und sein Gerät mir noch immer Reaktionen entlocken konnten.

Ich freute mich jedes Mal, Ivan zu sehen, denn ich wußte, er würde meine Erwartungen nicht enttäuschen, seine Größe würde keinen meiner Wünsche offenlassen. Ein durch und durch faszinierender Schwanz, der mich vollständig ausfüllte und mich völlig vereinnahmte. Bis zum Dunkelwerden tobten wir uns auf den vertrauten Feldern unserer Körper aus, verließen die Wohnung in der Abenddämmerung und durchstreiften die Stadt, fuhren mit dem Taxi bis ans Ende von Manhattan, zum Endwood Park, wo wir uns im feuchten und kühlen Unterholz gegenseitig leckten; die schwachen Geräusche zwischen Busch und Baum kamen von den Schwulen, die hier ihre Runden drehten. Dann fuhren wir mit der U-Bahn zu einem chinesischen Restaurant in Harlem und gingen durch den Central Park zurück in Richtung Wohnung. Damals waren die Parks in der Nacht geschlossen, und wir mußten den Polizeiwagen auf Kontrollfahrt ausweichen, versteckten uns hinter Felsbrocken und Büschen und fummelten dort auf Teufel komm raus mit atemlos krimineller Erregung weiter aneinander herum.

Zu Hause angekommen, waren wir wieder hungrig, rauchten Haschisch und wurden noch hungriger, vertilgten alles, was die Küche hergab – bis hin zu Bosco Sandwiches aus Vollkornweißbrot –, fielen klebrig von Milch und Honig ins Bett und vögelten bis zum Morgengrauen, unser Fleisch glänzte silbern und magisch im Mondlicht, das die Feuertreppe reflektierte.

Ivan bedeutete immer Aufregung, Gewinn, das gewisse Prikkeln in der Luft. Pete bedeutete Zuhause und Plumpheit, und Schweizer-Käse-Sandwiches aus Roggenbrot zu Mittag. Mit ihm zu schlafen war, wie bei Kaffee und Kuchen zu sitzen – wobei man den unbestimmten Eindruck hatte, daß der Kuchen Abendmahloblaten war, aber man hatte keine Ahnung, wie das zu ändern sei. Schließlich hatten wir sechs Monate lang ein Bett geteilt, bevor wir zu vögeln anfingen: hatten im letzten Herbst beschlossen, es nicht vor dem ersten Schneefall zu tun. Aber dann hatte es längst geschneit, es war schon nach meinem Job bei Ray und tiefster Winter, als wir zusammenkamen.

Mit Pete zu schlafen war, wie mit einem lebensgroßen Teddybär zu schlafen: haarig und liebevoll und stur. Mit der Zeit mochte ich es. Antoine mußte, um in Fahrt zu kommen, mir erst ein bißchen weh tun, ein paar Kratzer über den Rücken oder Bisse hier und dort; Georgie mußte sich selbst weh tun. Don brauchte Geheimnis und Schweigen und peinliche Ordnung um sich herum, bevor er loslassen konnte, und Ivan blühte durch ein gewisses Funkeln und einen *Elan* auf, den man nicht immer einfach so parat hatte. Aber mit Pete konnten die Dinge so sein, wie sie waren: das schimmelige Sandwich am Fußende des Betts, fade Haferflocken zum Frühstück, Gas und Elektrizität abgestellt. Man konnte erregt oder leicht erregbar sein oder auch nicht, man konnte auf den Putz hauen – man konnte sogar Schuppen haben. Keine große Verzauberung – einfach Sex für den Tagesgebrauch.

Kurz nachdem wir angefangen hatten, miteinander zu schlafen, zog Pete zurück in die Wohnung; er war vor dem Großen John geflohen, nachdem er eines Nachts in das gemeinsame Zimmer gekommen war und seinen Mitbewohner im Bett mit einem über zwei Meter großen, noch feuchten Ölbild gefunden hatte. Es war gut und angenehm, Pete als Hausgenosse und Liebhaber auf Abruf zu haben, und er kam mir auch nicht in die Quere. Er war – oder schien es zumindest zu sein – überhaupt nicht eifersüchtig, und wenn er nach Hause kam und ich war mit jemand anderem beschäftigt, ging er einfach wieder und setzte sich in ein Café. Oder ich stand auf, wenn Pete eingeschlafen war, um mit Don oder Ivan noch eine Runde zu drehen, und kam zu einem Bettgenossen zurück, der sich währenddessen nicht gerührt hatte.

Der einzige Typ, der damals vom unteren Ende Manhattans den Weg zu uns fand und der wirklich aus der Downtown-Szene kam, war der Schmutzige John. Er bewegte sich in einer Wolke aus Muffigkeit, einer gewissen erdigen Atmosphäre: der Gestank von alten Klamotten und Mottenpulver.

Der Schmutzige John verdiente seinen Namen wirklich: er war bekannt dafür, daß er nur äußerst selten badete. Im Winter badete er nie, ja wechselte nicht einmal die Kleidung. Wenn der November kam, zog er ein bestimmtes dunkelblaues Sweatshirt mit Kapuze an, die seinem schmalen, dunklen, geheimnisvollen Gesicht die entsprechende Umrahmung gab und ihn wie einen Ghetto-Vampir aussehen ließ; erst im April, und auch das nur, wenn der Frühling sich nicht verspätete, zog er es wieder aus. Er hatte eine billige Timex-Uhr mit breitem Armband; wenn er zu Bett ging, nahm er sie ab, und ein weißer Streifen auf der grauen Haut des Arms wurde sichtbar. Aschfarbene, helle Frettchenaugen schauten aufmerksam aus der Kapuze. Ein geschmeidiger, biegsamer Körper – der Körper eines guten Fassadenkletterers, der sechs- oder siebenmal in ebenso vielen Stunden kommen konnte.

Mit dem Schmutzigen John war es immer lustig, er hatte jede Menge Pläne zum Thema »schnell reich werden«. Mein Favorit war, ein Stück Wüste in Arizona zu kaufen, durch das eine jener endlos geraden zweispurigen Straßen führt, dort eine Stadt zu gründen und – als einziger Bewohner – eine Geschwindigkeitsbegrenzung von 30 Kilometern pro Stunde festzusetzen, um dann drakonische Strafgelder einzutreiben, wenn die Leute des Nachts durchrauschten. Übrigens kein schlechter Plan; seit damals bin ich durch viele Städte in den Vereinigten Staaten gefahren, die sich genau so finanzieren. Orem City in Utah zum Beispiel.

Der Schmutzige John kam nur selten in die Wohnung, aber wenn er kam, dann war es immer etwas Besonderes. Ich erinnere mich daran, daß wir in jenem Jahr mehrere Male um sieben herum ins Bett gingen und sechs oder sieben Mal vögelten, um zwei Uhr in der Nacht wieder aufstanden und in Rudleys Imbiß am Park etwas aßen. Wir nahmen noch ein paar Sandwiches für später mit und machten uns wieder auf den Weg nach Hause, fielen dort sofort ins Bett und trieben es, bis es hell war.

Der Schmutzige John kam aus den Slums von Pittsburgh; er war voll von dunklem Verfolgungswahn und Hoffnungslosigkeit, die ich von mir selbst kannte, aber noch nie bei jemand anderem erlebt hatte. Er war sich sicher, daß letzten Endes alles schieflaufen würde. Vielleicht hatte er sogar recht.

Aber im Bett war er reines Vergnügen; er liebte mit einem zarten Understatement, das langsam und stark begann, sich unerwartet anschlich, und bevor du überhaupt merktest, daß irgend etwas passierte, zerstoben bereits (wie bei Kokain) blaue Blitze in deinen Eingeweiden. Er hielt sich nicht zurück und wartete, daß man ihm den Hof machte, wie Don es tat; war nicht einfach nur ein Klotz, ein Berg vor deinem Küchenfenster wie Pete; führte sich nicht auf wie ein ›schwerer Junge‹, der den vollen Durchblick hat, siehe Antoine; er war einfach und ein einfacher Liebhaber, der dich auseinandernahm, wenn du es am wenigsten erwartetest. Mit dem Schmutzigen John gab es viel Spaß, Kameradschaft und tollen Sex, sein kleiner schmaler Körper paßte gut zu meinem, und auch wenn er im Winter nie badete, war das in jenem Frühjahr kein Problem, denn er stank nicht, wenn wir zusammen waren, und sein Schwanz war immer sauber – kann sich ein Mädchen mehr wünschen?

Wenn er ging, blieb ich mit einem wohligen Gefühl zurück, denn ich wußte, daß das Spiel, so wie ich es zu spielen liebte, in einer anderen Ecke der Stadt leise und im geheimen weitergespielt wurde. Einmal erzählte er mir, daß nach drei Tagen Einsamkeit und intensiver Meditation die UFO-Männchen Kontakt mit ihm aufgenommen hatten. Sie waren geradewegs durchs Fenster gekommen und wollten ihn mitnehmen, so wie er es sich gewünscht hatte, aber plötzlich war ihm klargeworden, daß er dafür noch gar nicht reif war; das sagte er ihnen, und entgegenkommenderweise verschwanden sie wieder. In den Mittfünfzigern waren solche Menschen selten, und ich hütete den Schmutzigen John wie einen Schatz – er war ein guter Freund, der auf seinem gestohlenen

Motorrad, aber lautlos durch die Küche kam, wann immer ich heftig an ihn gedacht und einen Ruf ausgeschickt hatte.

Sie kamen und gingen, alle einander ähnlich, aber doch jeder anders. Sie weckten mich schon vor der Tür entweder durch ihre starke Präsenz und Telepathie wie der Schmutzige John, oder durch den Schlüssel, der sich geschickt und selbstbewußt im Schloß drehte, wie bei Ivan, oder wenn sie mit schweren Schritten besitzergreifend durch die Küche marschierten, wie Antoine, oder wenn sie ans Bett traten und mich wachküßten und ich zurückküßte und »Wer?« sagte – oder der Kuß an eine Berührung, eine Eigenheit erinnerte: der Geruch von Petes muffigen Klamotten, oder Dons teurem Parfüm, vage Schwingungen einer Aura im Dunklen.

Sie kraxelten halb angezogen und hastig ins Bett oder saßen auf der Decke und quasselten mich wach, oder hatten etwas Gras oder Wein mitgebracht, und ich sah zerzaust und schläfrig zu, wie sie Feuer machten. Wir vögelten zur H-moll Messe oder zu Bessie Smith, oder mit dem Mond und der Brise, die vom Fluß herüberwehte, zum feucht-kühlen Grau und dem Regen, der vom Himmel stürzte, ein Reigen von gleißenden, an der Fensterbank explodierenden Tropfen, und all das war gut, war die Seele und das Herz dieser Zeit. Ich vögelte mit meinen Kameraden, so kam es mir vor, und ein Jahr flog vorbei.

Wir brechen auf

Inzwischen veränderte sich die Außenwelt schneller und gründlicher, als wir mitbekamen. Wir dachten, wir würden das tun, was wir immer getan hatten, weil die Veränderungen unmerklich, wie in Zeitlupe, eintraten, aber sie traten ein, und als wir wieder einmal aus dem Fenster schauten, war alles anders geworden.

Wir hatten uns mit einer Reihe von schöngeistigen Spielereien beschäftigt: kleine Zeitschriften, für die wir kein Geld auftreiben konnten, Theaterprojekte in riesigen Fabrikhallen, die sich nie realisieren ließen, ein Besuch von Susan und mir bei Ezra Pound, der wollte, daß wir zwei ganz allein das Fernsehprogramm der USA veränderten. Leslie choreographierte und produzierte seine erste Tanzaufführung; Petes Phantasiebilder wurden immer größer und düsterer. Ich trug die Gedichte für mein erstes Buch, *This Kind of Bird Flies Backward*, zusammen, und Pete und Leslie versicherten mir feierlich, daß man es nicht veröffentlichen könne, weil niemand den Straßenjargon verstehen würde. Don war vom Actor's Studio abgewiesen worden und drehte stattdessen einen Film. Die meisten seiner Freunde waren angenommen worden und tauchten bei uns nicht mehr auf. Miles Davis wohnte nicht mehr in der Tenth Avenue, wir sahen ihn nicht mehr um drei Uhr nachmittags, wie er mit seiner dunklen Sonnenbrille nach einem Taxi winkte und wirkte, als wäre er gerade erst aufgestanden.

Wir durchlebten den Schrecken der Wahlen 1956, wie wir den Horror der Rosenberg-Hinrichtung und des Ungarn-Aufstands durchlebt hatten: paranoid, mit heißen Ohren vom Radiohören und endlosen Gesprächen darüber, wohin wir ins Exil sollten. Jeder Zentimeter der Wände und des Fußbodens der Wohnung war mit Parolen und Sprüchen bedeckt: »Die Einhörner werden die Erde beherrschen.« »Jedes Opfer für die Generallinie.« »Denk keine falschen Gedanken.« Und so weiter und so weiter. Wilhelm Reich saß im Gefängnis.

Die erste Welle der Angst vor radioaktiver Verseuchung war kurz vor ihrem Höhepunkt, und eine Gruppe von Leuten kaufte Land in Montana, um dort eine Stadt unter einer Bleikuppel zu bauen. In New York regten sich die Anfänge einer neofaschistischen Stadtplanung; ganze Straßenzüge nördlich unserer Wohnung waren zum Abriß freigegeben worden, um dort das künftige Lincoln Center zu bauen. Das Haus neben uns, das 28 Jahre leer gestanden hatte, und solange wir hier wohnten, unsere private Müllkippe gewesen war, wurde über Nacht abgerissen – was einer Handvoll Penner und Tausenden von Ratten die Heimstatt kostete. Die meisten Ratten zogen in unser Haus um.

Ein Großteil der anrüchigen Schwulenbars war bereits geschlossen, und im westlichen Central Park wurde sehr viel vorsichtiger angebaggert, seitdem es diverse Verhaftungen durch Zivilstreifen gegeben hatte. Es gab immer mehr Drogen: Kokain und Opium sowie das allgegenwärtige Heroin; die Halluzinogene waren noch nicht auf der Straße angekommen. Die Überflußgesellschaft der Nach-Koreakriegs-Jahre richtete sich in einer längerfristigen, grimmigen Häßlichkeit ein. Zu diesem Zeitpunkt schien es völlig unmöglich, irgendetwas dagegen zu unternehmen.

Soweit wir wußten, gab es nur eine Handvoll von uns – vielleicht 40 oder 50 in der ganzen Stadt –, die ähnlich wie wir lebten: die in Levis und Arbeitshemden herumliefen, Kunst machten, Drogen rauchten, auf den neuen Jazz abfuhren und eine Verballhornung des schwarzen Slang sprachen. Wir vermuteten, daß es noch weitere 50 in San Francisco gab, und über das ganze Land verstreut vielleicht noch weitere 100: Chicago, New Orleans, usw. – aber wir waren völlständig isoliert und unerreichbar, versuchten nicht einmal, mit dieser kleinen Handvoll Gleichgesinnter Kontakt aufzunehmen. Wir waren hauptsächlich damit beschäftigt, unsere Integrität zu wahren (viel Zeit und Energie ging dabei drauf, die verschiedenen Möglichkeiten des »Aussteigens« zu diskutieren) und *cool* zu bleiben: eine harte, klare Haltung inmitten von angstverbreitender Indifferenz und Sentimentalität – »Medienmatsch«. Wir wollten Trost, Anerkennung und Liebe voneinander, und der Rest der Welt ließ uns kalt.

Dann, eines Abends – es war ein Abend wie viele andere, wir waren etwa zwölf oder vierzehn Leute, darunter Don und Pete und Betty McPeters und ihre Truppe, alle standen herum, tranken Wein, unterhielten sich angeregt in kleinen Gruppen, während Beatrice Harmond und ich uns um das Essen kümmerten –, eines Abends tauchte der ehemalige Bücherdieb und jetzige Priester auf und drückte mir mit den Worten, »Ich glaube, das wird dich interessieren«, ein kleines, schwarzweißes Buch in die Hand. Ich war noch voll und ganz damit beschäftigt, den Rindereintopf auszuteilen, warf deshalb nur einen kurzen Blick hinein – und war mittendrin in Allen Ginsbergs *Howl*: legte die Kelle beiseite und blätterte zum Anfang zurück, dessen kraftvolle traurige erste Zeile mich sofort gefangennahm: »Ich sah die besten Köpfe meiner Generation vom Wahn zerstört ...«

Ich war viel zu aufgedreht, um mich noch weiter um den Eintopf zu kümmern, überließ das Beatrice und stapfte zur Tür hinaus, sogar ohne mich bei Bradley zu bedanken. Ging die paar Straßen zum Hudson hinunter und setzte mich auf das Pier an der Sixtieth Street, um weiterzulesen und darüber nachzudenken, was hier gerade passierte. Der Begriff »Neuland betreten« kam mir in den Sinn. Ich wußte, daß dieser Allen Ginsberg – wer immer das war – für uns alle, ein paar hundert Menschen, Neuland betreten hatte durch die schlichte Tatsache, daß dieses hier veröffentlicht worden war. Was es wirklich bedeutete, wohin es uns tragen würde, davon hatte ich keine Vorstellung.

Das Gedicht bedrückte mich aber auch. Denn wenn es jemanden wie Allen gab, hieß das, daß es noch mehr, andere Menschen außer mir und meinen Freunden geben mußte, die schrieben, wie sie sprachen, was sie hörten, die das lebten, wovon sie überzeugt waren, wenn auch schamhaft und wie wir im Verborgenen – und die plötzlich darüber sprachen. Ich spürte, daß Allen nur die Vorhut war, nur die Vorhut einer viel größeren Sache sein konnte. Alle Menschen, die wie ich sich bisher versteckt und verkrochen hatten und das, was sie wußten, nur für eine Handvoll Freunde aufgeschrieben hatten – und selbst die hatten gesagt, das sei »unmöglich zu veröffentlichen« –, die mit einer gewissen Verbitterung darauf gewartet hatten, daß alles den Bach runterging, daß die Menschheitsgeschichte im Blitz der Atombombe zu Ende gehen würde – diese Menschen würden jetzt hervortreten und sagen, was sie zu sagen hatten. Nicht viele würden ihnen zuhören, aber letztendlich würden sie einander hören. Ich war kurz davor, meine Brüder und Schwestern zu treffen.

Wir waren erwachsen geworden. Ich war ein wenig traurig und hatte Angst. Instinktiv klammerte ich mich an das lockere, unreflektierte Bohèmeleben, das wir in unserer Wohnung geführt hatten, an das unausgesprochene Gefühl, daß wir allein in einer fremden Welt waren, und das machte uns stolz und schweißte uns zusammen. Aber für den Augenblick war das Bedauern über das, was wir verloren hatten, überschwemmt von einem Gefühl der Freude: es gab jemanden, der für uns sprach, und dieses Gedicht war einfach gut. Ich fühlte mich großartig, wie im Rausch, und ging nach Haus zum Abendessen, wo wir *Howl* lasen, ich es allen vorlas. Ein neues Zeitalter hatte begonnen.

Inzwischen wurden die Veränderungen so unübersehbar und massiv, daß selbst wir sie nicht mehr ignorieren konnten. Es fing damit an – und das war wirklich ein Schock –, daß die Wohnung am Ende einfach verbraucht war. Es passierte nichts Besonderes, aber das Gefühl, das man hat, wenn man in eine Bude kommt, in der lange niemand mehr gelebt hat, in der die Luft einfach steht, war plötzlich da. Mir ist immer wieder aufgefallen, daß mit Orten so etwas passiert – plötzlich und ohne Vorwarnung verkehrt sich die Atmosphäre ins Gegenteil, und man lebt wie auf einem Friedhof, oder in einem Kühlschrank. Die Lebensenergie, die hier der Knotenpunkt war, hatte wie eine Meeresströmung die Richtung geändert und floß jetzt an dieser Insel vorbei. Man spürt es in den Knochen, man friert auch im Hochsommer.

Die Ratten trugen dazu bei. Sie waren aus dem abgerissenen Nachbargebäude gekommen und *en masse* hier eingezogen, spielten und tollten des Nachts in der Küche herum und machten einen Heidenlärm. Sie kamen durch ein Loch unter der Spüle, das wir immer wieder mit Blechen verschlossen, bis nichts mehr da war als Blech, auf das wir noch mehr Blech nagelten, und schließlich gab ich auf. Aber es schüttelte und bestürzte mich immer wieder, wenn ich morgens einen halben Laib Brot, noch in der Plastikverpackung, quer durch den Raum geschleift fand, oder die niedlichen, eineinhalb Zentimeter langen Fußspuren meiner pelzigen Mitbewohner auf dem erkalteten Fett des gestrigen Bratens entdeckte.

O'Reilley hatte sich da schon mehr oder weniger vollständig von uns zurückgezogen. Manchmal kam sie noch für ein oder zwei Nächte vorbei, so als würde sie den Zeh vorsichtig in ziemlich schmutziges Wasser tauchen, und verschwand dann wieder in die Sicherheit und Ordnung ihrer neuen East-Side-Wohnung. Don hatte seinen Film abgedreht, beschlossen, sich selbst ernst zu nehmen, und war nach Hollywood aufgebrochen. Und Pete wurde krank – wie alle drei oder vier Jahre wie ich inzwischen weiß: Er bekam eine schwere Lungenentzündung und mußte in einem Taxi nach Hause gebracht werden (das sein Vater bezahlte), während das Fieber unaufhaltsam stieg. Der Infekt selber klang schnell ab, aber die Schwäche blieb, und Pete erholte sich bei kurzgebratenen Steaks in der vergleichsweise luxuriösen Umgebung seines Elternhauses.

Vielleicht waren es die Ratten, unsere zahlreichen Mitbewohner, die Leslie in die Welt hinaustrieben, aber ich glaube, es waren seine gewachsenen Ansprüche: Plötzlich fühlte er sich alt genug für eine eigene Wohnung, und so machte er sich auf die Suche. In der Prince Street fand er einen Loft in dem Teil des Village, der gerade neu entdeckt wurde. Der Loft lag auf der obersten von drei Etagen, die alle zum Treppenhaus hin offen waren, und für die es nur ein Klo gab. Einer der Vormieter hatte auf der zweiten Etage eine Badewanne und einen Heißwasserboiler installiert, und Leslies dortiger Nachbar hatte ein kleines Waschbecken angebracht, in dem alle ihr Geschirr wuschen. Leslie hatte einen Elektrokocher mit zwei Platten, der auf einem wackeligen Bürokühlschrank stand, und einen Tisch mit drei kippeligen Stühlen. Wasser gab es nur in der untersten Etage, man trug es in Zweiliter-Weinflaschen nach oben; wenn man keine Lust hatte, in den zweiten Stock zu gehen, wurde es einfach aus dem Fenster geschüttet. Niemand machte sich Gedanken über Sprinkleranlagen, Fluchtwege oder andere Vorschriften; es war illegal, in Lofts zu wohnen, und jeder, der es sich leisten konnte, tat es.

Licht und Weite in Leslies Behausung waren einfach wunderbar: der vordere Raum so groß wie eine Scheune und überall Grünpflanzen. Weiße Vorhänge, wahrscheinlich einfach nur Bettlaken, ließen das Licht spielen. Ein fast ebenso großer hinterer Raum, von dem aus man in einen gepflasterten Hof und über verschiedenste Dächer blicken konnte. Und eine kleine angestückelte Küche. Keiner von uns hatte bisher eine so luxuriöse (und teure) Wohnung ergattert; sie kostete 80 Dollar Miete, und wir alle bewunderten Leslie für seinen Mut.

Außerdem legte sich Leslie einen Mitbewohner zu, einen

großen, schlaksigen, komisch aussehenden Jungen namens Benny Hudson. Benny hatte Segelohren und einen Fischgrätenmantel. Er roch nach Seife und Ernsthaftigkeit und anderen Tugenden des Mittleren Westens, aber er hatte einen Job und zahlte die Hälfte der Miete – und im Notfall diese auch komplett. Benny und Leslie waren in gewisser Weise Liebhaber – will sagen, sie trieben es miteinander, und Benny war verliebt.

Und was mich betrifft: Ich klammerte mich noch immer an unsere Bude in der Amsterdam Avenue, aus Gefühlsduselei oder Anhänglichkeit. Obwohl ich nur noch selten dort schlief, war es noch immer mein »Zuhause«. Ich zahlte schon seit Monaten keine Miete mehr, wohnte aber weiter dort und konterte mit »Gesundheitsbehörde«, wann immer mir der Vermieter mit »Räumungsklage« kam. Damit waren wir quitt.

Weil ich keine Miete zahlte, fühlte er sich auch nicht mehr verpflichtet, Reparaturen auszuführen, und das hieß: Wenn die Straßengang die Fenster einwarf, dann blieben sie kaputt, und irgendwann war fast keine Scheibe mehr ganz. Es war zugig in der Wohnung, aber da es wieder warm wurde, machte mir das nichts aus. Dann wurden Elektrizität und Gas abgestellt; ich ging dazu über, in den Wohnungen anderer Leute zu essen und zu baden, und bei Kerzenlicht zu lesen, was wegen der Ratten nicht ungefährlich war. Ich war nicht besonders scharf darauf, in der Küche bei Kerzenlicht über eine Ratte von der Größe einer Katze zu stolpern. Also fing auch ich an, mich nach einer anderen Bleibe umzusehen.

Ungefähr zu dieser Zeit beschloß ich, daß ich ein Kind haben wollte. Es war keine Entscheidung des Kopfes, mehr ein unbestimmter Impuls meines Körpers, der fruchtbar sein, zur Erfüllung kommen wollte – irgend etwas in meinen Zellen wisperte, daß die Szene, in der ich mich bewegt hatte, nicht alles war, daß es andere Lebensumstände zu entdecken galt. Ich unternahm aber nichts in dieser Richtung, benutzte beim Vögeln auch weiter das Diaphragma, nur hatte mein Kopf nichts mehr damit zu tun. Ich fing an, jeden als möglichen Vater zu sehen, und so betrachtet, machten viele eine ziemlich schlechte Figur.

Durch *Howl* war ich in Kontakt mit Allen Ginsberg und ein paar seiner Freunde gekommen (Lawrence Ferlinghetti hatte sogar ein kleines Vorwort zu meinen »unveröffentlichbaren« Gedichten geschrieben), ein paar Briefe waren hin und her geflogen. Jetzt waren Allen und seine Entourage in New York, und ich wollte sie unbedingt treffen. Nach ein paar Telefonaten kamen sie zu Leslies Loft, wo ich gerade wohnte, und brachten eine Menge billigen Wein sowie sehr gutes Gras mit. Wir dröhnten uns mächtig einen an, und Allen und Jack Kerouac, der ihn begleitete, ließen eine wunderbare hochfliegende Suada über Dichtung und das Streben nach Vollendung vom Stapel. Jack war davon überzeugt, und Allen teilte damals diese Meinung, daß man nie etwas überarbeiten oder umschreiben sollte. Die unmittelbare Eingebung des inspirierten Geistes war die beste, in der Dichtung wie im Leben, und es schien mir, als würde Jack nach dieser Maxime auch wirklich leben. Er blätterte durch meine Notizbücher und begann, die Korrekturen rückgängig zu machen, ließ die ursprünglich holprigen Zeilen über die Zunge rollen, und die Ungeschicklichkeiten und Brüche klangen plötzlich schön; währenddessen wurden wir immer higher.

Ich schlug vor, daß alle über Nacht bleiben sollten. Allen hatte ein Auge auf Leslie geworfen und war sofort dabei, forderte seinen Liebhaber Peter auf, ihm zu helfen und die Couch aus dem vorderen Zimmer ins hintere und neben das Bett zu befördern. Beide hatten etwa die gleich Höhe, und so entstand eine extragroße und ziemlich stabile Bettstatt. Sie schoben diese Konstruktion in die Mitte des Zimmers, plazierten die Pflanzen drumherum und zündeten Räucherstäbchen an, die sie in die Blumentöpfe steckten. Benny beobachtete das Ganze mit Schrecken.

Nachdem er uns alle sehnsuchtsvoll geküßt hatte, verschwand Peter – welch mysteriösen nächtlichen Ritualen er nachging, konnten wir nur vermuten. Leslie löschte das elektrische Licht und zündete Kerzen an, die er um das Bett verteilte. Sofort schien der Raum unendlich, geheimnisvoll, das Bett eine Insel, ein Lager in der Wildnis (Leslies Gummibäume!). Alle zogen sich aus – Benny wirkte beklommen – und wir stiegen ins Bett.

Es war eine merkwürdige, kaum zu beschreibende Orgie. Allen legte los, indem er uns alle ausführlich umarmte, jeden von uns einzeln und alle gleichzeitig, eine Wolke aus Fleisch, die von Körper zu Körper glitt – warm und freundschaftlich und ganz unsexy; wie in einer Badewanne zu viert. Daß ich meine Periode hatte, machte alles nicht besser, und ich war mir des kleinen, weißen Fadens, der aus meiner Möse hing, nur allzu bewußt. Eine Zeitlang spielte ich mit all den Schwänzen um mich herum und hatte vor, mich so bald wie möglich zurückzuziehen und schlafen zu gehen.

Aber Jack war nicht schwul, und im Bett mit drei Tunten und einer Frau wollte er mich, und daran ließ er keinen Zweifel. Um mich dazu zu bringen, das Tampax zu entfernen, fing er an, an meinen Brüsten zu nuckeln und meinen Nacken zu liebkosen. Inzwischen psalmodierte Allen in aller Ausführlichkeit über die Freuden des Sex während der Menstruation: die vermehrte Flüssigkeit, andere Hormone, die das Vergnügen steigerten, auch Tiere würden, wenn sie heiß sind, leicht bluten, und so weiter und so fort. Unter dem Applaus der ganzen Truppe zog ich schließlich den blutigen Talisman heraus und feuerte ihn quer durchs Zimmer.

Allen hatte damit das seine getan, um Jack und mir zu einem angenehmen Abend zu verhelfen, und wandte sich den beiden Jungen an seiner Seite zu; schnell hatte sich ein Knäuel aus Körpern gebildet, Leslie und Benny hatten Allen in die Mitte genommen. Ich bekam ein paar Quiekser mit und viel Gemache und Getue, aber im Chaos der Bettlaken war nicht so klar, was da eigentlich vor sich ging. Jack wollte indessen beweisen, daß ihn so ein bißchen Blut nicht störte, und begann mich zu lecken. Er war wild und anschmiegsam und besitzergreifend, und ein großer Mann; ich fing Feuer, lag mit weit gespreizten Beinen und geschlossenen Augen da und hörte ihn schnaufen und hecheln wie Pan, schwamm in einem warmen Ozean aus Fleisch, hörte die verschiedenen Atem- und Liebesgeräusche der anderen.

Schließlich befreiten wir uns aus dem Bettzeug: Jack richtete sich auf und schleuderte es mit einem Schrei auf den Boden, dann warf er sich auf mich und drang sofort in mich ein. Meine kurze Überraschung wurde zu Lust, ich reckte mich seinem Schwanz entgegen, bis er ganz und gar in mir war, ein herrliches Gefühl der Fülle. Er stieß an meinen Gebärmutterhals, erregte mich auf eine ganz besondere Weise, meine

Begierde wuchs aus den Lenden, erfaßte jeden Hautpartikel, brachte jede Haarwurzel des Körpers zum Vibrieren. Wir wälzten und drehten uns, um die beste Stellung zu finden und vögelten eine ganze Weile auf der Seite liegend. Dann zog Jack ihn heraus und legte sich auf den Rücken. Ich spielte mit dem halbsteifen, von meinem Blut verschmierten Schwanz, machte ihn wieder hart, Jack zog mich auf sich, und ich dirigierte seinen Schwanz an den richtigen Platz; wieder stieß er tief hinein, dieses Mal härter, und die Lust war schärfer, fast schmerzhaft.

Es war ein langer, gemächlicher, angenehmer Fick. Ich kniete, die Fersen unter meinem Hintern, und glitt an Jacks Schwanz auf und ab, seine Hände auf meinen Hüften unterstützten und begleiteten meine Bewegungen. Ich warf einen Blick auf die anderen. Leslie lag auf Allen, küßte ihn, sie rieben ihre Bäuche aneinander. Ich konnte es nicht sehen, stellte mir aber vor, wie sich die beiden harten Schwänze in die weiche Haut der Bäuche drückten. Benny lag neben den beiden, küßte Leslies Rücken und hatte seinen Schwanz in der Hand. Meine Lust wuchs, ich beugte mich vor und küßte Jack auf den Mund, bewegte mich schneller und schneller. Seine Hände auf meinen Schultern hielten mich warm und fest, und wir kamen, mitten in diesem großen, freundlichen, von Kerzenlicht erfüllten Raum.

Nach ein paar Minuten bewegte Jack sich wieder. Er beugte sich aus dem Bett, tastete nach seinem weichen Lederbeutel und baute einen Joint aus gutem mexikanischem Gras. Nahm einen tiefen Zug und reichte ihn mir. Ich rauchte ein bißchen und schaute, wie weit die anderen waren. Allen lag ausgestreckt auf dem Bett, und Leslie vögelte ihn in den Arsch.

Ich wollte Benny den Joint geben, aber der schüttelte den Kopf; statt dessen fiel er leise schluchzend in meine Arme. Ich streichelte seine Schultern und seinen Rücken und hoffte, er würde sich beruhigen. Es war einfach nervig. Jack fing meinen Blick auf und grinste über meinen Ärger. Ich drehte mich zu ihm um, und er hielt mir den Joint an den Mund, so daß ich einen tiefen Zug nehmen konnte. Schließlich sagte Benny: »Ich muß zur Toilette«, suchte lautstark beleidigt nach einem Bademantel und verschwand in den unergründlichen Zimmerfluchten und Treppenhäusern.

Allen und Leslie zogen ihr Ding durch. Dann bekam Leslie Hunger, wie immer nach dem Vögeln, ging in die Küche und kam mit Brot, Heringen und einer Tüte früher Pfirsiche zurück; er und Jack und ich ließen sich kauend und rauchend nieder, während Allen in sein Notizbuch schrieb, und ab und an geistesabwesend einen Blick auf den Joint warf. Jack zog mich zwischen seine Beine und rieb den schlaffen Schwanz an meinem Rücken, bis er wieder hart war. Er rief »Schau mal, Allen« und zog mich aus dem Bett und auf seine Oberschenkel – tief in die Knie gebeugt, versuchten wir die tibetische Yab-Yum Stellung. Es fühlte sich gut an und machte auch Spaß, aber Jack war betrunken und angetörnt, wir gerieten aus dem Gleichgewicht, fielen fast in eine der Pflanzen und vögelten auf dem Boden weiter; ich hatte meine Beine um seine Hüften geschlungen, während Jack unterbrechen und die Lotusposition ausprobieren wollte. Doch ich klammerte einfach die Knöchel fester um seine Hüften, bearbeitete mit den Händen seinen Hintern, hielt ihn auf Trab, und so kugelten wir auf dem Boden hin und her.

Mittlerweile rezitierte Allen Whitman, rubbelte mit seinen Füßen Leslies Schwanz, und als der wieder hart war, fing er an, ihm einen zu blasen, und Benny kam von der Toilette zurück und kaute Allen einen ab. Jack kramte wieder in seinem Lederbeutel und zog einen schwarzen Tischtennisball aus Haschisch hervor, von dem wir ein kleines Stück rauchten und den Rest aßen, und ich schlief ein und träumte von einem Äther aus Fleisch, ein Wogen von Menschenleibern auf dem Kamm der Wellen, ein unablässiges Werden und Vergehen.

Am nächsten Morgen blutete ich stark und blieb im Bett auf einem Handtuch sitzen, während Leslie und Benny loshüpften und versuchten, beim entsetzten Lebensmittelhändler an der Ecke Tampax, Kaffee und Eier aufzutreiben.

Zwei Wochen später saß ich zu Hause in der Amsterdam Avenue auf dem schwarz gestrichenen Fußboden, mitten in einem Fleck Sonne und einer Wolke aus Gipsstaub; der Wind pfiff durch die zerbrochenen Fensterscheiben, ein kleines Feuer prasselte freundschaftlich, aber ohne zu wärmen, und ich versuchte, aus einem harten Stück Gips etwas Ähnliches wie eine Hand zu modellieren, als ich hörte, wie die Tür aufgeschlossen wurde. Ich drehte mich um, weißen Gipsstaub in den Haaren, und sah Ivan im Flur stehen. Ivan, den ich monatelang nicht gesehen hatte, der irgendwo tief im Süden in irgendeinem dumpfen College abgetaucht war, wo er unterrichtete. Da stand er im Flur, trotz Schlips und Mantel das altbekannte Grinsen im Gesicht, ging – in geputzten Schuhen – über die geschundenen und gesplitterten Dielen und zog die professoralen Handschuhe aus.

Ich legte die halbfertige Hand beiseite und begrüßte ihn:

ein langer und schöner Kuß, wenn auch keine Steigerung zu unseren damaligen Küssen. Wir tranken Brandy aus Tassen und aßen Brot und Käse, und er erzählte mir von seinem jetzigen Leben, dem unheimlichen Kreislauf der »Arbeit«, diesen Worten und dem Geld, dem er nicht mehr entkommen konnte.

Ich musterte ihn von Kopf bis Fuß, sah seine eleganten Bewegungen, die harten Muskeln unter den Collegeklamotten, die ausgeprägte Zeichnung des Gesichts, die hohen Wangenknochen, alles wie damals; dieser scharfsinnige Geist, der sich jetzt mit semantischen Albernheiten und logischem Positivismus herumschlagen mußte, festgezurrt in dieser Karmarunde, aber immer wieder aufblitzte, Magie versprühte, bis wir uns lachend und prustend auf dem Boden wälzten und den Brandy umkippten – ich sah seinen alten guten Kern, dem der ganze karmische Mist nichts anhaben konnte, und spielte kurz mit dem Gedanken, daß er vielleicht der Vater war, nach dem ich Ausschau gehalten hatte.

Es war der letzte wirklich schöne Tag in der Wohnung. Wie jedes Mal legte Ivan mit seiner Kleidung auch allen Bombast ab, und wir vögelten den ganzen Nachmittag in der Sonne auf dem Doppelbett. Die Quintessenz all dessen, was die Wohnung für uns gewesen war, diese magische Freundschaft und das aufregende Abenteuer, das wir hier gelebt hatten, umgab uns an diesem staubigen Nachmittag. Niemals war das Leben so würdevoll und einfach, so erfüllt von zärtlicher Liebe und wahrer Freiheit gewesen wie an diesem Tag, und ich wußte, daß ich jetzt davon Abschied nahm. Nachdem Ivan gegangen war, lag ich noch lange wach und starrte durch das Fenster auf die Feuerleiter und das spärliche Sternenlicht.

Und als der Vollmond wieder auf die Feuertreppe schien, blieb meine Periode aus. Und als der Mond abnahm, wurden meine Brüste voll und schwer, und ich wußte, daß ich schwanger war, fing an, meine Bücher und Habseligkeiten in Kisten zu packen, denn jetzt begann ein neues Abenteuer, und ich hatte keine Vorstellung, wohin es mich verschlagen würde.

Glossar

Vorwort:

- *Digger*: Im Underground der Sechziger Jahre waren die Digger in San Francisco eine der aktivsten Gruppen und hatten ihre Wurzeln in der alternativen Theaterszene und der Bürgerrechtsbewegung. Ihren Namen hatten sie den »English Diggers« entliehen, die Mitte des 17. Jahrhunderts eine Gesellschaft ohne Eigentum, ohne jegliche Form des Handels (kaufen und verkaufen) propagierten. Ihre Philosophie faßten sie in dem Statement zusammen: »Seine Liebe zu zeigen bedeutet Scheitern. Das Scheitern zu lieben ist die Ideologie des Scheiterns. Zeig deine Liebe. Mach dein Ding. Mach es UMSONST. Mach es für Liebe. Wir können nicht scheitern!«
- *»Work in progress«*: Das Buch über ihr Leben in Kalifornien, von dem Diane di Prima hier spricht, ist noch nicht erschienen. Dafür erschien im Sommer 2001 der erste Teil ihrer Autobiographie, *Recollections of My Life as a Woman – The New York Years*.

Kap. Februar (Fortsetzung)

- *»The Well of Loneliness«*: Deutsch »Quell der Einsamkeit«. Rührselige Geschichte eines lesbischen Coming-outs der englischen Autorin Marguerite Radclyffe Hall, das 1928 erschien und in den Dreißiger bis Fünfziger Jahren das Flaggschiff schwul-lesbischer Emanzipation war.

Kap. April (Fortsetzung)

- *Tallulah Bankhead* (1902–1968). Amerikanische Schaupielerin, die weniger durch ihre zahlreichen Filmrollen als durch große Theatererfolge am Broadway und im Londoner West End sowie ihre Exzesse berühmt wurde: Sie rauchte und trank ausgiebig und in aller Öffentlichkeit, ihre Feste dauerten grundsätzlich mehrere Tage und ihr größtes Vergnügen war es, sich beim Plaudern auszuziehen und das Gespräch nackt fortzuführen.

- *Pepperidge Farm Vollkornbrot*: Weil eines ihrer Kinder allergisch auf Brot aus Weißmehl reagierte, verwendete Margaret Rudkin Anfang der Dreißiger Jahre nur Vollkornmehl zum backen. Der Erfolg bei ihren eigenen und anderen Kinder war so durchschlagend, daß daraus die erste Vollkornbäckerei entstand, deren Produkte noch heute unter diesem Namen vertrieben werden.
- *Charles Addams*: Charles Addams (1912–1988) schuf seit den späten Dreißiger Jahren die mittlerweile legendäre »Addams-Family«, als Cartoon für den *New Yorker*. Bekannt wurden die »Addams« durch die gleichnamige Fernsehserie, die in den USA 1964–1966 ausgestrahlt wurde.

Kap. April (Schluß)

- *Dylan Thomas, In Country Sleep*: Der Gedichtband des walisischen Autors erschien im Februar 1952.

Kap. Stadt Frühling

- *Forever Amber*: USA 1947, Regie Otto Preminger. In Deutschland unter dem Verleihtitel »Amber, die große Kurtisane« bekannt.
- *Johann Christof*: Zehnbändinger Künstlerroman von Romain Rolland, dessen Folgen zwischen 1904 und 1912 erschienen.

Kap. Frühling auf dem Land

- »*Sieges-Garten*«: Im 2. Weltkrieg waren US-Bürger dazu aufgerufen, kleine Gärten anzulegen, um die Eigenversorgung mit Gemüse u. a. sicherzustellen – der persönliche Beitrag jedes Bürgers zum »Sieg« über Nazi-Deutschland.
- *Gregory Corso* (1930–2001): Mit Allen Ginsberg, Jack Kerouac und William S. Burroughs das Urgestein der Beatgeneration. Sein Gedichtband *The Vestal Lady on Brattle* erschien 1955. 1961 gab Corso mit Walter Höllerer die Anthologie *Junge Amerikanische Lyrik* heraus, die die Dich-

ter der Beatgeneration zum ersten Mal umfassend in Deutschland vorstellte und in der Diane di Prima mit dem Gedicht *Nightmare 1* vertreten war.

Kap. Sommer

- *rent parties*: Ein- oder mehrtägige Parties, zu denen die Loftbewohner einluden und einen Dollar Eintritt kassierten, um die Miete zahlen zu können. Die Musik kam entweder vom Plattenteller oder wurde life gespielt, und die stolzen Besitzer von Filmprojektoren ließen irgendwelche Streifen vorwärts oder rückwärts zu Jazzplatten laufen.

Kap. Die Wohnung: Teil 1

- *SNCC*: Student Nonviolent Coordinating Committee, or SNCC (sprich »snick«). Studentische Bürgerrechtsvereinigung. Am 1. Februar 1960 weigerte sich in Greensboro, North Carolina, eine Gruppe schwarzer Studenten der A&T University, die Imbißtheke bei Woolworths zu räumen – man wollte sie einfach nicht bedienen. Dies zog eine Welle von Protestaktionen in den Südstaaten nach sich, die zwei Monate später zur Gründung des SNCC führte.
- *SDS*: Students for a Democratic Society. Amerikanische Studentenvereinigung, die 1959 gegründet wurde und ab 1962 zur allgemeinen Organisationsplattform der linken, gesellschaftskritischen Studentenschaft wurde. Die Protestbewegung gegen den Vietnam Krieg ging ursprünglich vom SDS aus, dessen bekanntester »Schlachtruf« *Make Love – Not War* war.
- *Mezz Mezzrow, Really the Blues*: Mezzrow war ein nur mäßig begabter Klarinettist jüdischer Herkunft, der sich aber die schwarzafrikanische Musik und die Probleme schwarzer Jazzmusiker so sehr zu eigen machte, daß er schließlich der festen Überzeugung war, selbst Schwarzer zu sein. Seine wohl immer noch mit Gewinn zu lesende Autobiographie *Really the Blues* erschien 1946 im Verlag Random House.
- *Maxwell Bodenheim (1892–1954)*. In den Zwanziger Jahren, der Blütezeit von Greenwich Village, war Maxwell Bodenheim die Verkörperung der künstlerischen Boheme New Yorks und weit über deren Kreise

hinaus bekannt. Er hatte diese Rolle von John Reed geerbt, der – bevor er zum Playboy-Revolutionär wurde – in seinem Gedicht *The Day in Bohemia, or Life Among the Artists* (1912) das Village zu New Yorks »rive gauche« stilisiert hatte.

- *Hell's kitchen*: New Yorks Westen von der 14th bis zur 52nd Street, und zwischen Eighth Avenue und dem Hudson, war seit den letzten Jahrzehnten des 19. Jahrhunderts eine berüchtigte Brutstätte von Kriminalität und Verbrechen. Straßenbanden beherrschten die Blocks, und während der Prohibition hatte sogar der Rest der New Yorker Unterwelt Respekt vor den dort »herrschenden« lokalen Gangs.

Kap. Die Wohnung: Teil 2

- *Kropotkin*: Kropotkins Aufsatz *Aufruf an die Jugend* erschien zuerst 1880 in seiner Zeitung *La Revolte*.
- *Ayn Rand*: Ayn Rand, russisch-amerikanische Autorin (1905–1982). Schrieb mehrere wirtschaftsphilosophische Romane, die den Objektivismus propagierten.
- *Malvina Hoffman*: Amerikanische Bildhauerin (1887–1966), die in den Dreißiger Jahren für das Field Museum of Chicago 104 Büsten, Köpfe und lebensgroße Bronzestatuen aller »Rassen der Menschheit« schuf.
- *Fountainhead*-Tradition: *The Fountainhead*, Roman von Ayn Rand (s. o.). »This novel was published in 1943. Its theme is: individualism versus collectivism, not in politics, but in man's soul.« (Ayn Rand)

Nachwort 2002

Michael Kellner

Meine Affäre mit den *Nächten in New York* begann bei einem Freund, dem ich versprochen hatte, seine Katze zu versorgen, während er im Urlaub war; aus alter Gewohnheit ließ ich meinen Blick über die Bücherregale schweifen und blieb bei Diane di Prima hängen. Die kannte ich nur als Lyrikerin, und so war ihr Roman in mehrfacher Hinsicht eine Überraschung: zum einen, daß sie überhaupt einen geschrieben hatte, und zum anderen der Inhalt. So unverblühmt und gleichzeitig zärtlich hatte ich noch nie über Sex gelesen, aber das war nicht alles. Ebenso unverblühmt und zärtlich war in diesem Buch von Aufbruch die Rede, von unerhörten Entdeckungen, von der Erkundung New Yorks und der Erkundung des eigenen Körpers, von großartiger Musik und vom Widerstand gegen eine übermächtig erscheinende »gesellschaftliche Realität«.

Das Buch, das ich Ende der Siebziger zum ersten Mal in der Hand hielt, galt als Porno – war in einem pornographischen Verlag erschienen und strotzte nur so von »Stellen«. Aber die Autorin ging behutsam mit ihren Protagonisten um und spielte sie nicht gegeneinander aus. Nicht die Frage, wer oben oder unten liegt (die Frage der Herrschaftsverhältnisse) war entscheidend, sondern das Miteinander.

Eine unbändige erotische Entdeckerfreude ging Hand in

Hand mit der Demontage des klassischen pornographischen Romans bis zu dem Moment, an dem Diane di Prima ihr Publikum mit Wunsch und Wirklichkeit konfrontierte: Ich weiß genau, was ihr lesen wollt, hier habt ihr es – aber *so* war es wirklich.

Und Wirklichkeit gibt es in diesem Buch bei aller Fiktionalisierung zuhauf. Es ist die Realität der amerikanischen Gesellschaft Mitte der Fünfziger Jahre, deren reaktionär-konservativer Muff jegliche Abweichung von der kleinbürgerlichen Norm abstraft, wenn sie sich nicht in irgendeiner Form kommerziell nutzen läßt. Dem hat die junge Boheme jener Tage wenig mehr als die reine Lebenslust, Jazz pur entgegenzusetzen, bis sich plötzlich eine Stimme erhebt, die zum Fanal, zum Weckruf wird:

»Ich sah die besten Köpfe meiner Generation vom Wahn zerstört hungrig hyterisch nackt / im Morgengrauen durch Negerstraßen irren auf der Suche nach einer tüchtigen Spritze ...«

Wie Allen Ginsbergs Gedicht *Howl* bei seinem Erscheinen auf die Zeitgenossen wirkte, kann eindrücklicher nicht beschrieben werden, und auch die doppelte Bedeutung des Wortes BEAT (»This is a beat generation«, Jack Kerouac) – glückselig *und* geschlagen – wird hier deutlich. Daß Ginsberg und Kerouac in einer kurzen Episode zu Protagonisten dieses Buches werden, ist also nicht verwunderlich. Entscheidend ist, daß sich jede Generation ihre Freiheiten und ihre Identität erkämpfen will und muß – Diane di Primas »erotische Erinnerungen« geben dabei auch heute noch ein sowohl sinnliches als auch ermutigendes Beispiel.